紅

小川未明 著
おがわ みめい

張曉天 譯

紅すずめ 雀

一片飛花在樹梢

—— 近代日本文學譯著導讀

陳煒舜

香港中文大學中國語言及文學系副教授

　　香港三聯書店出版近代日本文學譯著，收錄多位名家的小說、隨筆集。編輯同仁囑我就日本近代文學之背景、脈絡略作介紹。對於日本文學，我心雖好之，但畢竟非專業研究者，故僅能就研讀知見之一隅與讀者諸君分享，尚蘄玉正。

　　學界對日本文學史的斷代各有差異，但大致可分為上古（八世紀至十二世紀）、中古（十三世紀至十六世紀）、近古（十七世紀至十九世紀中葉）、近代（明治、大正、昭和時期，1868–1945）及現代（二戰以後）幾個階段。西元1868年，明治天皇（1852–1912）發表《五條御誓文》，正式開啟「明治維新」的序幕，標誌著日本現代化的開端。而日本近代文學史，也同樣以「明治維新」為起點。在社

會變革之下，日本舉國對船堅炮利之實學大感興趣，政府對於人文學科則採取蔑視放任的態度，以致文學之「開化」未必能與整體的現代化完全同步。不過在福澤諭吉（1835–1901）等啟蒙思想家的影響下，日本引進了大批西方哲學（包括美學）、文學、政治學等人文社會學科的書籍，促進了近代文學的發展。

就小說而言，日本近代小說鼻祖坪內逍遙（1859–1935）高揚寫實主義理論，正是對整個社會風氣的呼應，其《小說神髓》對近代文學影響深遠。坪內逍遙之外，二葉亭四迷（1864–1909）接過寫實主義旗幟，其思想不僅受到俄國別林斯基（V. G. Belinsky, 1811–1848）的教養，也源於儒家感召。與此同時，森鷗外（1862–1922）受到德國美學思想影響，傾向於浪漫主義立場，與坪內逍遙就文學批評之標準問題展開論爭。兩種文學取向，既奠定了日本近代文學的基調，也確立了小說在文學界的主導地位。

1885 年 2 月，尾崎紅葉（1868–1903）、山田美妙（1868–1910）等四人組織成立硯友社，該社與傳統以漢詩、俳句唱和的結社不同，將創作文類拓寬至小說等，雅俗兼顧，集合了一群年輕小說家，如廣津柳浪（1861–1928）、

川上眉山（1869–1908）、巖谷小波（1870–1933）、田山花袋（1872–1930）、泉鏡花（1873–1939）、小栗風葉（1875–1926）等。這些作者後來在明治、大正及昭和文壇皆成為了獨當一面的大將。雖然他們的文學取向各有不同（如泉鏡花主張浪漫主義、田山花袋主張自然主義等），並未合力以硯友社的名義來建構統一的文學理論，但該社一度在日本文壇具有支配力量，影響甚大。

專制與自由並存的明治時代，寫實主義在坪內逍遙、二葉亭四迷以後並未得到長足發展。終明治一代四十年，源自西方的自然主義運動一直大行其道。1887 年，森鷗外把左拉（Emile Zola, 1840–1902）為代表的自然主義介紹到日本，隨後小杉天外（1865–1952）、田山花袋、永井荷風（1879–1959）等人皆成為這個流派的代表人物。自然主義文學揭櫫反道德、反因襲觀念的旗幟，主張追求客觀真實，一切按照事物原樣進行寫作，以冷靜甚至冷酷的筆觸來描寫一切對象，強調排除技巧，摒棄加工和幻想，成功完成了「言文一致」的革新。自然主義作家突破想像的樊籬，因而發展出以暴露作者自我內心為特點的「私小說」，獨具特色。尤其是島崎藤村（1872–1943）《破戒》與田山

花袋《棉被》的問世，將自然主義運動推上高峰。

　　然而，自然主義是明治時期「拿來主義」在文壇上的體現。十九世紀中後期的歐洲流行自然主義文學，有其自身的邏輯脈絡，茲不枝蔓，但日本並未仔細尋繹便採用「橫的移植」手段，罔顧了自身的社會特徵。因此，當時有評論家對「私小說」的創作範式頗為不滿，批評這種書寫策略過於消極，且無益於社會精神之塑造。夏目漱石便是當中重要的質疑者。作為寫實主義巨擘，夏目往往被中國讀者與魯迅（1881–1936）相提並論。比起自然主義作家以單純記錄的方式來創作，夏目更看重對生存之意義與方法的探討。他的作品十分強調社會現實，富於強烈的批判精神，人物刻劃細膩，語言樸素而幽默近人。其成名作《我是貓》以貓的視角對主人公苦沙彌等人加以觀察，嘲弄了日本知識分子四體不勤而五穀不分、紙上談兵而妙想天開、生活清貧而無權無勢的特性。而「人生三部曲」——《三四郎》、《後來的事》和《門》，雖然各為獨立故事，卻一脈相承地以愛情為主題，揭示出人生的真實本質。夏目漱石的小說，華人讀者並不陌生；而編輯同仁這回另闢蹊徑，出版其隨筆集，應能使讀者更深入地了解其人、欣賞

其文。

　　明治末期，自然主義風潮逐漸消退，白樺派（理想主義）、新思潮派（新寫實主義）和耽美派（新浪漫主義）成為大正時期（1912–1926）文壇領軍。白樺派的武者小路實篤（1885–1976）是反戰作家，作品受到魯迅、周作人（1885–1967）的稱許和譯介。新思潮派的領軍人物芥川龍之介（1892–1927）被視為與森鷗外、夏目漱石三足鼎立的小說家，以歷史小說來反映現實、思索人生。耽美派反對自然主義重視「真」遠甚於「美」，認為如此會壓抑人性的自然欲望。然而耽美派對人性自覺乃至官能享樂的注重，卻顯然孳乳於自然主義。作為耽美派的首腦，谷崎潤一郎甚至提出「一切美的東西都是強者，一切醜的東西都是弱者」，不僅讚許自然美，更讚許官能性的美，為追求美甚至可以犧牲善，與波德萊爾（C. P. Baudelaire, 1821–1867）的《惡之花》（*Les Fleurs du mal*）于喁相應，因此有了「惡魔主義者」的稱號。如谷崎成名作《刺青》中，刺青師清吉物色到一位「能供自己雕入精魂的美女肌膚」的女孩，施以麻醉後，以一天一夜時間在她背上雕刺出一隻碩大的黑寡婦蜘蛛。女孩醒後「脫胎換骨」，宣稱清吉就是自己第

一個要獵殺的對象。自傳體小說《異端者的悲哀》中，主人公章三郎因生活貧困而對人生絕望、對道德麻木，卻夢想過放蕩不羈的生活。至於《春琴抄》中對施虐與受虐快感的描畫，更令人驚心動魄。

1926 年，昭和天皇（1901–1989）繼位。而中島敦和太宰治兩位，皆可謂純粹的昭和作家。昭和早期，無產階級文學風行，但隨著軍國主義的政治干預而式微。佐藤文也說：「日本的作家在戰爭中大致分為三派：一是像雄鷹般兇猛地渲染戰爭狂熱思想的宣傳者，可以稱之為『鷹派』；二是像鴿子般老實卻又喜歡被主人放飛在外，不碰紙筆以沉默示意的不滿者，可以稱之為『鴿派』；三是像家雞一般被主人強行圈養起來，被迫加入了『鷹派』的妥協者，可以稱之為『雞派』。而太宰治卻不在這三派之中盤旋，好似鶴立雞群般經常在浪漫主義色彩的題材中渲染出獨特的幽默風範，可以稱太宰治為『鶴派』，這一點讓太宰治在戰爭時期的作品受到了文學界及讀者的好評，並得到支持。」（〈太宰治寫給中國讀者的小說，你讀過嗎？〉）與太宰治不同，中島敦對治現實的方法是撰寫歷史小說。中島於 1933 年完成的大學畢業論文題為《耽美派研究》，深入探討森鷗外、

永井荷風、谷崎潤一郎等作家。然而，他後來的創作則繼承了新思潮派的傳統，以歷史小說最為著名，因此贏得「小芥川」之譽。中島敦的歷史小說多取材自中國古籍，無論子路、李陵等歷史人物，抑或李徵、沙悟淨等小說人物，都能予以嶄新的詮釋，以回應時代，令人眼前一亮。可惜中島於 1942 年便英年早逝，年僅三十三歲，無法與讀者繼續分享其文學果實。

相比之下，太宰治的文學道路與中島敦頗為不同。太宰治最著名的小說《人間失格》發表於 1948 年，亦即他自殺當年；在後人心目中，這部作品奠定了他「無賴派」（或稱反秩序派）代表作家的地位。不過，無賴派的興衰僅在 1946 至 1948 年的兩三年間，反映出戰後青年虛無絕望乃至叛逆的心態。而太宰治早慧，十七歲寫出《最後的太閣》，短暫一生中有不少名作傳世，而是次譯著僅收錄他發表於 1945 年的作品《惜別》與短篇小說集《薄明》，可謂慧眼獨具。當然，在《薄明》的六篇短篇小說中，主人公無一例外地表現出頹靡無力之感，這與稍後作品《人間失格》的主旨一脈相承，反映出作者自身特殊的遭際和心理特質。而《惜別》則為紀念魯迅而作，以在仙台醫專求學時

的魯迅為原型。太宰治筆下的魯迅年方弱冠、胸懷壯志，卻又在鄉愁、迷惘與希冀中徘徊，在經歷一系列事件後棄醫從文。儘管《惜別》的主人公往往被看成是「太宰治式的魯迅」，是作者透過魯迅的形象來安放自身的靈魂，但這部作品無疑打破了華人讀者對於魯迅那刻板的神化印象，值得細細玩索。

譯著所涉這些小說家皆是日本近代文學時期的著名人物，年輩雖有差異，但在文壇的主要活躍年代都在二十世紀前半。夏目漱石、谷崎潤一郎漢學造詣甚深，皆有漢詩作品傳世。明治維新後，日本漢詩創作景況日漸零落。而中島敦成長於大正、昭和時期，卻因漢學世家淵源之故，仍喜漢詩創作，在平輩間不啻鳳毛麟角，值得關注。太宰治不以漢學漢詩著稱，然亦鍾情於中國文化，如他的《清貧譚》、《竹青》皆取材於《聊齋志異》，前文談到的《惜別》則以魯迅為主角，不一而足。這些知識對於華人讀者來說大概都是饒有興味的。讀者諸君在瀏覽這輯譯著後，若能觸類旁通，對這些小說家乃至整個日本近代文學有更深入的了解，這篇膚淺的塗鴉就可謂功德圓滿了。謹以七律收束曰：

貓眼看人吾看貓。善真與美孰輕拋。

沙僧猶自肩隨馬，迅叟應嘗淚化鮫。

意氣文雄夏目助，幽玄節擎春琴抄。

年年舊恨方重即，一片飛花在樹梢。

2022 年 1 月 16 日

目錄

創作童話時的心情 （代序）

開心見膽談話的時候，好像只限於心中愉快的時節似的如若心裏不愉快，也就不會有開心見膽談話的情趣了。

我一到寫童話的時候，總是喚起這愉快的，舒裕的，開心見膽談話似的快樂來。

有如說把兒童想像在眼前，向這模型說話，勿寧說自己返回兒童的樣子，從新再在輝煌燃燒着的天空的太陽下，重現出作空想的當時的世界，較為適當啊。

童話這個名詞就好像那「御伽噺」（Otogibanashi）名詞一般的最容易解做「為兒童的文學」似的，可是在我自己，以為不獨是為兒童而說的，對之另外有一個主張哩。

向着尚未失童心的一切人們作者的我，不過再返回兒童的心情申訴某種的感激這樣而已。

像兒童時代的心地那樣自由伸展，那樣純潔不染的，可說沒有；又像少年時代那樣率直，一見美的東西就感着

美，一遇可悲的事實就感着悲，對於正義一事而能發感憤的，也是沒得。

人們年歲漸漸增加起來，跟着也就積得雜多的經驗，以至於有種種的知識了。但這事決不能算可誇耀的。在另一方面，假若人們把那真純的兒童時分的感情消失了去，縱然他是飽有一些冷酷空靈的知識，但我們仍可說他是墮落了的人哩。

訴於這純真感情的閃耀與自然的良心之裁判，而且表現出少年時代特有的，幻夢的世界而創作一種故事，由這創作的故事而能夠做得到使讀者恍惚在美與愁的氛圍氣裏，這就是我所要求的童話了。何者是善，何者是惡，由純情的兒童的良心而裁判的事，這便不外是藝術所具的倫理觀了。

見着美麗的花，「真好看呀！」的叫着便飛奔前去的兒童，不單是令人可愛，並且使我們覺到有一種深的意味的。對於一種事實，直覺的認一方為正，一方為不正的兒童的判斷力，有時令我們驚訝其有非凡的正確性的。

不論什麼人們，都有他自己生長的故鄉般似的，永久不會忘掉那故鄉的風景。人們總是經驗過一次兒童時代的，那個時節的事情，像對於自然，對於周圍的人們所抱

之愛好、煩惱、悲哀，以及驚訝的心情一類的事，決不會把牠忘卻去的。

少年時代的心地，是最真誠而且最正直的，大概我們較大一點的人都經驗過，別無異議的罷。如若我們永久不失善良的心，保持做一個誠實的人，我們追想我們少年時代，一定會生出無窮的感傷來哩，我們對於較我們幼少者的愛和理解，即是由於有這樣的心地才會生出來的。

我本着作品力求真實的心願，而對於自己創作的小說與童話之間並不希求有什麼大差別的事。在所謂小說，大人雖然了解而有些事件為兒童所不能了解的。可是真的美的東西，真的正直的事情以及悲傷的事實之類，在直覺力敏銳，神經敏活的兒童，無有不會了解的。我們用很淺顯明白的文字作出的童話，兒童所能了解的，大人當然沒有不會了解的了。可是，兒童雖然懂得，間有一類的大人們還讀着莫名其妙的哩。這因為這類的大人們。確實由於他的墮落把自己純真的感情消滅去了的緣故。

本這意思，所以我主張童話這東西，不只限於做獻給兒童的恩物，而又認為是給未失童心的一切人類的文學的。

我是抱着歡欣而從事於我的自由藝術的創作。

紅雀

有一天，知更鳥停在樹枝上，以嬌美的聲音在歌唱着。這時候不知從那裏一隻小雀，羨慕着這音調飛來了。

「原來我們同類之中，能夠有發這樣嬌美的鳴聲的麼？」小雀心裏很奇怪。

小雀立刻飛下來，停在知更鳥站着歌唱的樹枝上了。仔細地一看那歌唱着的鳥兒的樣子大小以及其毛色等，都和自己沒有多大不同的地方。

小雀一想，非常不平。為什麼，自己生來不會發這樣美妙的鳴聲呢？同是一樣有翅膀，有嘴兒，以及有一對的腳，為什麼這鳴聲獨相異呢？假如自己也會發這樣美妙的聲音，一定無疑會為人們愛好的哩！

小雀心裏雖然這樣的不平，可是暫時間，他默着傾耳靜聽知更鳥熱心的歌鳴。這個時候，想也是聽到了這知更鳥的鳴聲罷，一隻老鴉，不知從那裏飛來，停在那近傍的樹枝上了。

知更鳥知道老鴉拍着翅膀飛來，似乎吃驚着，可是仍然裝着不知的樣子繼續着歌唱。

小雀看到與自己樣兒並無大異的知更鳥，被大家羨慕，便覺得忍耐不住了。終於向知更鳥詢問道：

「知更鳥君，為什麼你會生得有那樣好聽的聲音來呢？請告給我那原由呀！我也同是一樣的鳥，而且覺得與你也沒有特別的不同。可是，是誰教給你發那好聽的音調呢？望告給我罷！因為我無論怎樣總要去學習來哩！」

這時候，知更鳥才停止了歌聲，向着小雀說：

「小雀君！你的疑惑也是當然的。但這是很有點緣故的，你知道那太陽沉到深谷裏去的時候的事麼？我們的祖先，曾經和恰在那邊樹上的烏鴉君的祖先們，同去把太陽用繩縛住，從谷裏曳上空中來的時候，費盡辛苦的。我們的祖先，為要激勵大家起見，有的吹笛，有的鳴笙，還有的唱歌。因此傳到了後代來，便能夠發出這樣美妙的鳴聲了。你們的祖先，那時仍然是飛遊在山地、野原裏，並未曾來助點力，所以幾世幾代之後，總是平平凡凡的過去了。」

默着聽了這話的小雀，傾着頭。

「這是當真的事麼？真是可愧！如果這樣，我現在便到太陽那裏謝罪去！那麼，太陽一定會寬宥我們祖先的怠慢的罷。末了，我還要請求太陽授與我美妙的聲音哩！」這正直的年幼的小雀說。

知更鳥向空中凝視着想。

「小雀君，那是不容易的事呵！看那太陽輝耀着的地方罷！雲兒不是那樣的急走着麼？因為隨時都是吹着大風。你一定會被那風吹揚到不知什麼地方去呢。所以第一步便不得不鍛鍊那御風的工夫呵！」知更鳥說。

小雀仰頭看了天空。

「不錯，雲兒是走着。像你所說一樣是大風吹着的模樣。要怎樣的，我這小小的身子，才能夠不被風吹翻，高高地飛翔呢？你能教我麼？」

「你既這樣說，那便教你吧！你從現在起，三年之間，須在荒海上做強風裏飛翔的鍛鍊。到了成功之後，便須得望着太陽的住處，一直飛翔上去。」

小雀心裏感激聽到美麗的知更鳥的話。

在那邊樹上沉默地聽了這話的烏鴉，鳴叫着不知向那裏飛去了。跟着，知更鳥向下瞰望着小雀說：

「再見！」於是向着和烏鴉反對的方向飛去了。

獨自一個殘留在樹枝上的小雀，這時下了決心了。於是，也指着北方飛去漸漸看不見樣兒了。

有時候，小雀混在燕子裏面，飛翔海上，一面下望着

衝激的白浪；有時候，混在白鷺一起，在風暴時，海上荒涼，四面都是黑雲層湧。這樣的一天天學習衝風破浪，翻騰空中的事。

從春到夏，由秋徂冬，如是的三年之間，可憐的小雀，在海上與白鷺、燕子以及從寒國渡來的種種的鳥兒們交混着，一塊兒度過日子。但有的時節蔚藍的天空晴朗的日光下面的大海上，只看見無數的微波，懶洋洋地衝撞到岸邊，好似睡眠一般的日子，也是有過的。那樣美麗的景色，決不能在原野，在樹林，在田圃裏飛着的時候能看得到的呵！

夏天的傍晚，太陽通紅的好似大火球滾着一般，無聲息地沉下去了。當這時候，小雀便想起：從前知更鳥和烏鴉以及種種的鳥兒們，套繩索將太陽，從深而暗的谷底曳上來的事。彷彿聽到知更鳥所唱的那美妙的聲調以及笛子、笙、鼓的聲音，從五彩的美麗的暮雲中湧出，一直洋溢到海上來。

「那太陽好像又沉下暗黑的谷裏去了，為什麼沒有誰像從前一樣的把牠曳上來呢？牠獨自一人到了朝晨會上來的麼？這真不可思議呵！」小雀說。

小雀忽然想到當自己要向太陽住處飛行的時候，一到天空昏暗，太陽便那樣的沉下谷底去了，夜間星光開始在天空閃耀着。那時候，自己究竟在何處棲止呢？未曾把這事問明知更鳥，那不能安心地繼續這長途的旅行呀！而且有時節，也會有風吹和雨打的事吧！小雀總想再遇見那知更鳥，把這些事問個明白。

　　有一天，小雀和同在一塊兒飛遊的年老的白鷺告了別，向着三年前與知更鳥相遇的那原野裏飛去了。

　　「如果有二三天的探尋，想一定會遇見那知更鳥吧！」小雀想。

　　小雀停在樹枝上，心裏想從前聽過的知更鳥的歌聲，說不定會從那裏傳到耳朵裏來吧！於是傾耳靜待着。一會兒從這面的樹林又飛躍到那面的樹林。

　　恰巧這時候，小雀遇見以前的老鴉了。

　　「鴉君，鴉君！正遇着得巧呀！你別來無恙吧，可喜可喜！」小雀叫喚着。

　　老鴉傾了頭定睛看着小雀。

　　「啊啊！是從前的小雀君麼？你的容態大大的改變了。差不多要不認識了。翅膀的顏色全變成紅的了。」老鴉說。

小雀驚訝起來，向自己迴視着反問道：

「你說我變紅了麼？」

「你自己還不知道麼？」老鴉笑了。

「當真，我的容態變了。」

「長久在空中飛，被太陽曬紅了哩！」老鴉說。

小雀急急發出悲哀的聲音。

「我是想快到太陽旁邊去，打算做一隻光榮的鳥兒，因此，在這裏尋找從前的知更鳥哩！」小雀說。

老鴉又呀呀的笑了。

「你把那知更鳥說的話當做真的麼？假如這樣，真是為你可憐呀！那個時候知更鳥隨口亂說的，因為畏懼我而想諂媚我，才說了那樣亂七八糟的話呢！我平常知道知更鳥是愛饒舌的傢伙，所以還打算着給他吃一回苦哩！什麼？我的祖先，那裏用繩去曳過太陽呢？知更鳥真可算是說假話的好手了。你一直到如今還是信着他的話麼？」老鴉說。

小雀很是吃驚。對於久長的三年之間自己的勞苦，徒然無益，非常悲嘆。

「鴉君，我三年之間不斷的飛向上空的練習。可是，這難道成為什麼用處都沒有麼？」小雀好像將要哭泣似的說。

「不論怎樣的鳥，一直能夠飛上太陽輝煌之處的，從來未曾有過，可是小雀君，你既成了那樣的姿態，再要回到你的故鄉，怕是不可能的了。因為無論誰能夠把你當做自己的同伴的，未必會有吧！」老鴉深表同情似的說。

　　紅雀沉默着，暫時想了一想，頃刻間他並未向南方的故鄉歸去，仍指着北方一直飛去了。小雀是向着白鷺和岩燕所棲的地方，有青色的海的地方飛去了。

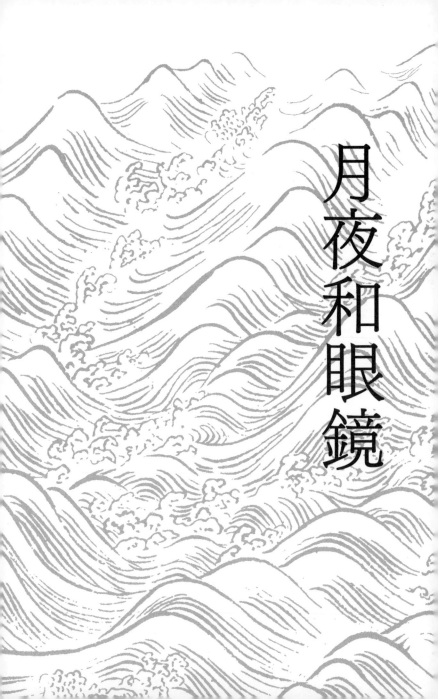

月夜和眼鏡

不論城市郊野，到處都是被綠葉包覆着的時令了。

在一個靜穩的月亮極好的夜裏，很幽靜的街頭住有一個老奶奶。老奶奶獨自一人坐在窗下，做針線。

燈光平和地照着四圍，老奶奶已是有年紀的了，眼目昏花，不容易把線穿過針孔，屢次的拿攏燈光而透視了看，又時時把有皺紋的指尖搓捻着細線。

淡青色的月光照着這世界。平滑像鏡子般的水面，不論樹木房屋小丘，都好像被浸在裏面一樣。老奶奶這樣的在做着活，而一面又在空相着自己年輕時分的種種。想到遠地的親戚以及離開自己到別處去生活着的孫女兒等等。

時晨鐘卡答卡答地在案上響着，四周寂然無聲，只不過聽得從熱鬧的街巷方面傳來的賣物聲以及火車通過的幽微的轟聲罷了。

老奶奶如今好像是想不起自己是在那裏做着什麼，只癡癡地如夢一般，神情極安然的靜坐着。

這時候，戶外有拍拍敲門的聲音了。老奶奶傾着她半聾的耳朵，向那聲音方面靜聽。因為在這樣靜寂的夜是沒有誰會來尋訪的。心裏以為這一定是風的聲音罷了。風是這樣的無定向地通過野原和街市的。

正想着，忽在窗下有輕微的足音了。老奶奶比往常敏銳地聽到耳朵裏了。

「老奶奶，老奶奶！」是誰在呼喚。

老奶奶最初還以為是自己的耳朵不靈的緣故呢。於是停了做針線的手。

「老奶奶，請開開窗吧！」又是誰在說話了。

老奶奶以為究是什麼人那樣叫呢？於是站起來開了窗戶。外面青白的月光，如同白晝一樣的很光輝的照着四方。

在窗之下，一個身材不大高的男人站着，頭仰向上面，男人戴着黑的眼鏡而有鬍髭了。

「我不認識你，你是誰呀？」老奶奶說。

老奶奶看了不認識的男人的面孔，心裏以為這人恐怕是問錯了人家的。

「我是賣眼鏡的。各種各樣都有。這條街上還是初次。這實在是極舒適清潔的街呢。今夜因為月亮太好，所以這樣的走着賣的。」這男人說。

老奶奶因為眼睛昏花，不容易把線穿過針孔，正在困難之際，所以便問：

「適合我的眼睛，能夠使我看得見的眼鏡有沒有呢？」

男人把掛在手上提着的箱蓋打開，從裏面去找尋能夠適合老奶奶用的眼鏡，末後取出了一付鼊甲邊的大眼鏡遞到自窗裏伸出頭來的老奶奶的手裏了。

　　「若是這個，可以保證，什麼都很可以看得見的。」男人說。

　　窗下的男人站着的地方，有白色、紅色、青色種種的花草，受着月光開着發出一陣陣的香味。

　　老奶奶把眼鏡戴上看了看，在那面鐘上的數字，和日曆上的文字，都一字一字地很明白的看得見了。這恰好彷彿在幾十年前做姑娘的時候，不論什麼都是這樣明明白白地映在眼裏的一樣。

　　老奶奶大喜之至。

　　「呵！這個把我！」說着老奶奶立刻買了這眼鏡了。

　　老奶奶給過錢，戴黑眼鏡有鬍髭的賣眼鏡的男人立刻走了。到了男人的影子看不見的時候，只有花草仍照原來一樣的在夜的大氣裏發着香。

　　老奶奶閉了窗子，坐到原來的地方。這回，便很容易地能夠把線穿過針孔了。老奶奶時而把眼鏡戴上，時而又脫下來。這因為如小孩子般很以為珍異，這樣那樣地弄了

看。而且因為平常未曾戴慣，突然戴了眼鏡，覺得一切都改變了樣子的緣故。

老奶奶把戴着的眼鏡又脫下來了，把它擱在台上的鬧鐘旁邊，時刻已是很不早了，收拾着活計要去休息了。

這時候，外面又有咚咚地敲着門的人了。

老奶奶傾耳靜聽着。

「好稀奇的晚上呀！又是誰來了呢？已經這樣地……」老奶奶說着，看了看窗外面；雖然月光明亮，然而時候已經是很夜深了。

老奶奶站起來走到入口處去聽着。好像是用小手敲的，只聽得咚咚地可愛的聲音。

「已經到了這樣遲的時候，……」老奶奶口裏這樣說着把門開了。於是一個十二三歲的美麗的女孩子潤濕着眼睛站在那裏。

「誰家的孩子呢？我可不知。為什麼這樣的深晚尋訪來呢？」老奶奶很驚訝着問。

「我是在香水廠裏作工，每天每天把從白薔薇花取來的香水裝進瓶裏，夜靜更深才歸家哩。今夜工作停了以後，因為月亮好極，信步行來，撞在石上把足趾這樣地弄傷

了，我真疼痛的忍耐不了，血流着不停。無論那家已通統睡去了。走過你家的門前，看見窗上的影子，知道老奶奶還在坐着。我知道老奶奶是親切的溫和的頂好的老人，因此便起了叩門的意思了。」頭髮黑而長的美少女說。

老奶奶以為好香水的香氣，是浸於少女的身體裏的，在這樣說話之間，感到非常的噴鼻的香氣。

「那麼，你認識我嗎？」老奶奶問。

「我時常走過你家前面，看着老奶奶在窗下做活計所以知道的。」少女答。

「哈呵！真好孩子！那裏！把受傷的足趾給我看看。給你擦上一點藥吧！」老奶奶說。於是把少女牽到燈的近旁來。少女伸出那可愛的足趾來看了。從嫩白的足趾上流着了赤紅的血。

「唉呀！好可憐！大概是擦在石上截破了的罷！」老奶奶口裏雖說着，可是眼睛是模糊的，從那裏出血是不大明白。

「剛才的眼鏡那裏去了？」老奶奶在枱上找尋了。因為眼鏡是擱置在鬧鐘之旁的，想快把它戴上好好給少女看傷口。

老奶奶戴上眼鏡，很想要看一看這美麗的，常走過自己家前的小姑娘的臉兒。這一來老奶奶大嚇一跳。那個並非小姑娘，而是美麗的一隻蝴蝶。老奶奶想起了在這樣靜穩的月夜，常有蝴蝶化為人，訪問夜深未睡的人家的傳說了。現在那個蝴蝶是傷了腳的。

「好孩子，到這方面來吧！」老奶奶很溫和地說。於是老奶奶在前面走出後門，而向着後花園那面行去了。少女默默地跟着老奶奶後面走去。

花園裏種種的花，現今正是盛開着。白日裏，蝶和蜜蜂聚集在那裏很熱鬧的。可是這個時候呢，好像正在葉蔭下休息着做着快樂夢似的全無聲息，只有如水一般的淡青的月光流着。還有牆腳前，白的野薔薇花緊緊地簇聚着如雪一般地開放。

「女孩兒向那裏去了？」老奶奶回頭來看，從後面跟着來的少女不知什麼時候向那裏消失去了，足音也無，形影也見不着了。

「大家都睡了，那我也睡吧！」老奶奶說着，向家中進去了。實在是好的月夜。

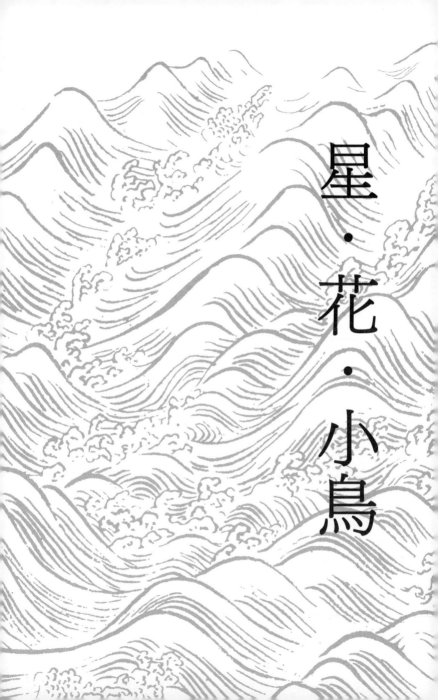

星・花・小鳥

當這個世界創成的時候，有着三位美麗的天使。頭一位是姐姐有着溫雅沉靜的性情；其次的妹妹雙眸明爽極其清麗；末了的弟弟是快活正直的少年。

他們各大自想：因為這世界是在創造之初，必須得變成一種什麼東西的樣子才行呢的一個問題。

「好生想想，須得變成自己所願意成的才好！因為假若一變了樣兒之後，便永遠不能再變為原來的天使了！所以必得好生想想！」神仙說。

姐弟妹三人各自在想：自己要變成什麼東西才好呢？而且一變了樣兒，便再不能夠得像從來一樣的三人快樂地在一塊兒說話見面了。他們想着忍不住的悲哀起來。

心軟的妹妹浮了滿眼的淚，低下頭去了。於是性格高尚而沉靜的姐姐溫和地安慰妹妹說：

「即使有遠離的事，只要我們得每晚相見，那也就可以了。」

漸漸三人的決心已定。當神仙問他們願意變成什麼的時候：

頭一個性格高尚的姐姐說：

「我願變成星。」

第二妹妹說：

「我願變成花。」

於是末尾的弟弟。

「我願變成小鳥。」這樣說了。

神仙一一聽過都允許了。於是三人竟成為星兒花兒和小鳥了。

星兒每到夜裏，在空中閃灼輝耀。可是從地上不知幾百萬里的遠隔着，交談的事已成為不可能了。但是，花兒每夜仰向天空，身受着星兒降下的露珠，變成小鳥的弟弟，白日裏到花兒姐姐旁邊玩耍歌唱。可是不能看見大姐的樣兒。因為這個緣故，所以在星兒未沒天將曉時急忙起來，仰望着天空裏寂寥地閃灼着的姐姐的樣兒。

怎能說這三位天使，未曾想到像現在這樣在一塊兒快活地過活的事呢？

從那時以後，好幾百年已經過去了。不久間便產生了掌管這地上的國王了。

國王是極勤勉的人，所以對於像從日出做到日沒方肯休息的這樣勤勉的東西，勿論什麼都很愛敬的；譬如看見螞蟻的時候，便：

「呵呵！螞蟻真是使人感動的東西呀！」這樣想。

又看見蜜蜂的時候：

「呵！蜜蜂真是使人佩服的東西呀！」這樣想。

可是，國王看到了美麗地開着的花的時候，便以為花這東西是怎樣的怠惰啊！看着星兒的時候，就以為星兒那樣的閃灼着究有什麼用呢？聽着小鳥們唧唧啾啾的時候，就以為小鳥實在是討厭的東西。

這時候，有一個奇怪的法術師拜訪國王來了。這使法術的對於遠古以前的事，以及將來幾千年後才起的事，都由法術可以得知的。

於是國王立即便問使法術的道：

「那星兒究竟是什麼東西呵！每晚為什麼在那樣高高的地方發着光呢？」

在太古之時，對於星兒花兒小鳥等一切的東西，人們都是感着過不可思議的時代的。所以這國王之問並非無故。

法術師在廣大的院子裏焚起火來，於是向着天空裏閃灼着的星兒做祈禱。不一刻這樣的在默念之間，使法術的終至於能和老遠的星兒說話了。

雖然，法術師和星兒的談話，國王的耳裏本來是聽不

到的。

「星兒是怎樣生成的呢？」國王說。

「在數百年前，有姐妹弟三人很友愛的天使，當這世界造成的時候，三人被神仙命令要變成各自所願意的東西的樣子。因此年紀最長性情靜寂的姐姐遂變成了星。」法術師答。

國王聽過這話之後點了點頭。

「但是，那樣地每晚在天空裏閃灼是為什麼呢？也未曾像太陽一樣送下溫暖的陽光，也沒有像月亮一般朗照着黑暗，為什麼通宵的發光輝呢？」國王問。

於是法術師把這事問之於星。

星兒告訴法術師，把自己怎的變為星兒的事回答國王。

「王呀！在這世上，不全都是幸福的人，其中貧困的人也是極多的。生在貧困人家的兒童，在夜裏冷得不能安睡。有時候出外做工的爹媽，雖已日沒天黑尚自未得歸來，這樣時候真寂寞的要哭出來了。我不得不祈禱那兒童們的平安。又有些時候，有亡了父母的可憐的兒童，其中也有單只有父而無母的孤兒。這些兒童，到夜裏來睡不着而哭。我從破屋的縫隙間窺伺進去而安慰他們。因此我成

為天空之星。」

聽過這話之後，國王十分地感佩她那優美慈善的心情。從此便很尊重星兒了。

第二的妹成花，弟成小鳥的事，國王既已得知。於是也想把這事問一問法術師了。

法術師到美麗的花兒前，同樣的做了祈禱。於是花兒說了，法術師告訴國王說道：

「我是在姐姐成了星兒的時候變成花的。那並不是穿着美麗的服裝而懶惰着哩！人們在世上當平安強健的時候，也倒是你來訪我我來看你相互安慰着的。可是一旦死了至墳墓裏去的時候，便不大有人來訪問了。我是為安慰那可憐的死了的人們而變為花的。因此，勿論是白晝和無人的夜裏，都在墓前為安慰靈魂發散香氣的。」

國王聽了這話，真感佩她那和愛的心情了。因此永久便愛花兒了。

最後，國王命令法術師問那饒舌的小鳥是為的什麼？法術師把這事告給小鳥聽過，而使小鳥停在自己持着的杖上。於是同樣的做了祈禱，小鳥便說：

「我是兩位姐姐成了星兒和花兒的時候變成小鳥的。那

並不是飛遊山野而玩耍哩！每日越山渡河的行路者，不知道有多少呢！那些旅人們急急地趕着路程，但是也有疲勞了而熟眠去的。也有兒童在家裏等待着父親歸來的。其中也有罹了重病而待着兒子歸來的年老的父母們。我為要振作那些行路人的精神；為要愉快地使他們清晨醒來，所以鳴叫的。」

國王十分了解弟弟為小鳥的意思了。到了知道姐弟妹各自都是為人們着想的事，深深為之感動。國王永遠把小鳥當做平和之使了。

其後，雖已經過了幾萬年。可是星兒花兒及小鳥都為人們愛好着被詩人歌詠着。這姐弟妹三人，在天將曉的那一個時晨，雖然是不談什麼話，但臉兒卻是互相照望着，永遠地活潑潑地在相互安慰着呢！

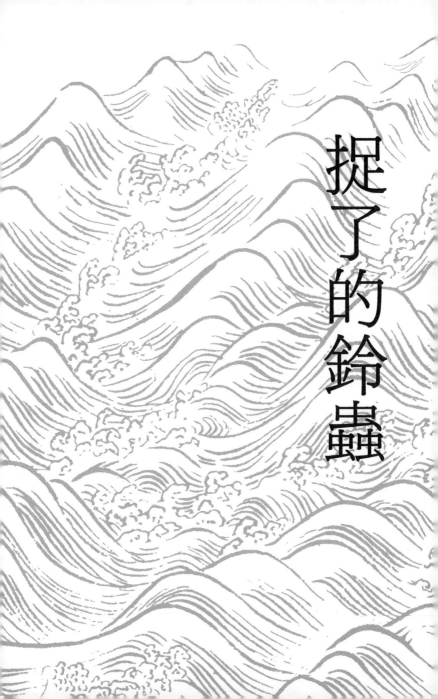

捉了的鈴蟲

哥與弟一到夏天便老早地想起鈴蟲的鳴聲了。

「今年我們捉鈴蟲去呵！」哥一說，於是弟弟「好的，一齊去」。這樣答。兩人是早等候着這季節的到來了。

鈴蟲出來的時節，不論什麼都現着快樂的色相。因為恰恰那時，是暑假休暇，田圃裏種種的野菜繁茂，各樣的花卉競開，夜間也很光亮，樹林河川都好像通宵的唱着歌似的。

不久，那季節到了某一夜，兩兄弟到常往釣魚的河邊捉鈴蟲去了。水流受着月光閃閃地泛着銀的微波，微微的風送着鈴蟲的鳴聲，從草叢裏遞到耳邊來了。

兩人持着燈籠向那聲音方面走去。那晚上兩人捉得三個鈴蟲了。

歸家之後，把牠們放入籠中，切了茄子做食餌給牠們吃。鈴蟲似乎立即也便習慣了籠中生活而開始鳴叫。兩人對着書案，在洋燈下用功讀書的時候，牠們在簷前吊着的籠中鳴叫。直到兩兄弟睡去之後，也還不時的發出很好的鳴聲。

「家裏的鈴蟲是很會鳴叫哩！」某一夜哥哥對弟弟說。

「雖然很會鳴叫，可是遠不如在外面的叫得好聽喲！」

弟弟答。

兩人回想起在河邊草叢中聽鈴蟲鳴叫時的情形了。

「是一樣的喲，聽罷！不是同樣的好聽的聲音叫着的麼？比這更大的聲音那裏去找呢？」哥哥說。

弟弟不以為然。總想着在外面的鈴蟲是發着更好聽的聲音。並且以為那是一定的。

「一定是鈴蟲想着要到外面去吧。那樣地雖然鳴着好聽的聲音，這聲音似乎是悲哀着呢！」弟弟說。

哥哥覺着籠中的鈴蟲，有時也是很可憐的。但想到雨打風吹的夜裏，他又以為這樣安全地得有食物吃，比着在外面要幸福得多了。

「這樣的給你愛護，不是很幸福麼？在外面時遇到大雨大風的時候，不知要怎樣的吃苦呢？我們這樣珍重牠們，不能不說是牠們的幸福了。」哥哥向弟弟說。

「哥哥，鈴蟲在訴說着牠們的願望而叫，你不知道吧？我想牠們一定是說要回到牠們的故居去呀！」弟弟存着與哥哥不同的意見。

兩人對於鈴蟲，雖然各抱着不同的意見，可是仍很愛護牠們。有時，弟弟裝進新鮮的草和食餌。有時，哥哥給

草上灑些水，又給牠們換換新的食餌。

　　如是已有好些日子了。暑期休暇已將完了。那時，種種的蟲兒，都到庭前來用好聽的聲音鳴叫。聽着，有的好像是歡欣的，有的似乎是悲嘆的。然而叫聲都很勇敢，每晚還有不知其數的種種的蟲，望着燈光飛投進來。其中也有停在青色的蚊帳上，振着翅雄壯地鳴叫起來。和庭前的蟲聲互相應和啊！這真是蟲兒們的快樂時代。

　　「哥哥，你聽庭前鳴着這樣許多的蟲，牠們停在盆花的葉裏和階石的縫中吸着夜露，身子浴着月光和星光，何等的快樂歡暢啊！我們把籠裏的鈴蟲也放了吧！」弟弟說。

　　「鈴蟲，不是快樂地在籠中也鳴叫着嗎？」哥哥答。

　　「可是，籠裏的鈴蟲的聲音，比外面草叢裏鳴着的不是細小的多麼？這因為牠們不慣籠中的生活，身體衰弱的緣故吧。」弟弟說。

　　「不，不是的！庭前沒有鈴蟲鳴叫的聲音哩！」兩人說着，從家裏走出來不知不覺的指着捉鈴蟲地方的河邊走去了。

　　那裏萱葦繁茂着，鈴蟲的鳴聲，那裏這裏都聽得到。

　　在頭上，銀白色的天河遙遙的閃灼着，近秋的晚上天

空裏顯現出一番鮮明澄潔的光景。

「哥哥，外面的鈴蟲不是很快樂，很大的聲音鳴叫着麼？」弟弟說。

哥哥靜靜地立在草叢旁邊細聽，不錯，和弟所說一樣，外面鳴叫着的鈴蟲，聲音更高能發很愉快的音調的。

歸得家來，兩人望着關在籠中的鈴蟲，很覺可憐。他們想：假如那時不捉這鈴蟲來，那麼這鈴蟲不是也在那伴伙裏，在草叢中，一樣快樂自由的鳴叫着麼？

「哥哥，不把鈴蟲放了麼？」弟弟說。

哥哥默想着，癡癡地看了那簷前吊着的鈴蟲籠的方面說：

「鈴蟲已習慣籠中的生活了，已是把那裏當做自己的住家了。並且每日得有新鮮的茄子吃着，決沒有不幸福的事吧。」

弟弟總不能贊成哥哥所說的話。

「幸福麼？那是很難說哩！在外面自由生活的東西，把牠們裝在狹小的籠中不是等於牢監裏的囚犯麼？怎能說這在鈴蟲是幸福的呢？」弟弟說。

哥哥注意着弟弟的話。

捉了的鈴蟲

「在初時，或者是像你所說那樣的。但是現在，翅膀已弱，便放出外面去，恐怕不能很有勁的像外面的鈴蟲一樣飛了，不能自由地去尋食餌了。所以倒不如這樣親切地，每日給以食餌安穩的過着幸福的日子。」哥哥這樣說。

弟弟無論如何總以為這是不自然，說把自由地在外面生活着的東西捉了關着，是不行的。哥哥又想了一想。抬起臉兒向弟弟說：

「那麼，把牠放了吧。」

弟弟直是歡喜極了。於是兩人把鈴蟲放到庭院後面的樹木茂密處去了。

「到晚間來，會鳴叫麼？」兄弟相視說着。

鈴蟲在頃刻間，不知向那裏去了。

到了夜裏，果然在樹葉叢裏，鈴蟲鳴叫了。可是，那聲音比往常更加衰微細小了。其他種種的蟲聲，大而有勁的鳴着。

「仍然裝進籠中飼養着牠，還好點吧！」哥哥說。

「哥哥，鈴蟲會漸漸的有精神起來哩！明天晚上一定會有較大的聲音鳴着的。」弟弟答。

到了明日的夜，鈴蟲的鳴叫。比了昨日，更加一番悲

哀細小了。

「那，看吧！鈴蟲已是沒有自己尋找食餌的能力了。還是照樣飼養在籠中好了。否則一定會被別的蟲兒們吃掉的！」哥哥說。

弟弟聽了這話，打量着鈴蟲的身上而憂慮起來。想再把鈴蟲捉進籠去，於是在葉叢裏搜尋。可是，無論如何總不能捉到。

學校開課了二三日，某天，暴風雨來了。整整的二日沒有住歇。庭院前水積起來，起了漣波。樹葉和草，零亂無狀。開着的花，都散落了。

「鈴蟲怎麼樣了？」兄弟眺望着庭前那面，想起了說。

到了傍晚，雨歇風靜了。四周蟲聲又開始鳴叫起來在樹葉叢裏，鈴蟲也發出聲音來了。但是，只聽到一個獨自叫着。那聲音真是悲哀。

「哥哥，還有兩個到那裏去了呢？」弟弟說。

「死了也不可知呢？」哥哥答。

兩人很為鈴蟲可憐了。

「假如仍舊裝在籠裏，那還不會死吧！」哥哥說。

「哥哥，別的鈴蟲還活着麼？」弟弟說。

「我們再到河邊草叢裏去看看吧！」哥哥答。

兩人，向河邊走去了。

那裏滿佈着秋的氣象。寒涼似的河水汩汩地流着。淡白色的雲靄浮掛在天空裏，月亮光清澈明亮籠罩着野原草叢中，蟋蟀和聒聒蟲的聲音混和着，同時許多鈴蟲的叫聲也送到耳裏來。

「仍那樣有勁的鳴着哩！」兩人說。

歸途中，弟弟向哥哥說：

「哥哥，那生來壽命很短的蟲類，不是可以捉的東西哩！死得很快，不是很可憐麼？」

哥哥這時候，一聲不響只對着弟弟的話頷首表示同意。

嫩芽

一株小嫩芽，好容易頂破了土層伸出二三寸長的身子了。嫩芽開始遠望廣大的原野，仰眺飛遊天空的雲影，又聽到小鳥的歌聲。

　　「啊哈！這便是叫做世間的了麼？」牠想。

　　出生到這世上來，不知打算過多少回了。拳屈在硬土下的時候，曾經和許多粒同樣的種子。大家把種種的事相互談論過的。

　　「願得快快地生到光明的世界上呀！但不知我們都能夠一齊出去麼？」一粒種子說。

　　「誰能夠出去，那是不得知的，不得出去的殘餘者，會腐壞下去哩！可是那能夠出去的一粒，我們希望他連死了的同伴的分兒也代為生長繁榮起來，幾十年幾百年，勃勃鬱鬱的在太陽照耀之下，榮華地過他的日子哩！萬一有了兩粒或三粒一齊地得到光明的世界去，那麼，相互扶助同心協力的去營他們的生活，那是再好沒有的了。」另一粒種子答。

　　大家都贊成這種種子的話，可是大家都在羨慕着光明的世界，然而希望是很薄弱的，能夠透出土層去的，只不過一粒。

便這樣的，一株嫩芽生出這世界來了。可是，一切所見所聞，都使牠感到了威脅。雖然牠想到要把大家的希望寄於自己的生命裏，高展牠的枝枒在天空裏使不知幾十百萬的葉兒，一一受日光的浴照。然而這是很遙遠的事哩！

最初看見這嫩芽生長出的，是飄遊天空的雲兒。可是，懶洋洋默着嘴的雲只裝做不見一般，從牠的頭上悠悠地飄浮過了。

嫩芽是極害怕鳥類的。這好像是從祖先累代的神經裏遺傳下來的本能的恐怖罷！因為那唱着美妙的音聲的鳥兒，姿態雖然美麗，可是一看到青青的嫩芽，一定會用嘴把牠啄去哩！不唯如是，當小樹長大繁榮起來的時候，鳥兒更姿意的在牠的枝上造窠築巢，到了夜晚做棲止的地方。嫩芽好像預知有這些事情似的，為要不使小鳥看見自己的樣子，總是極力地隱蔽到石後草蔭裏去。

可是喧噪而擾攘的風，終於看見嫩芽了。

「哦哦！真好的嫩芽呵！你是將來成大樹的芽苞哩！你的枯朽的老父母們，常在這裏和我們對壘過，那真是很勇敢的戰鬥。這世界雖然廣闊，可是能夠做我們的對手的人物，還很少很少哩！當初我只向着街面的建築物，人們築

造的屋宇，堤防以及一切的東西等衝撞起去，然而因為那些實在都是死的，所以沒有什麼動作。更向前去，你們和海等都是活的了，所以我衝撞起去，便發出叫聲，而且還和我戰鬥哩！」

嫩芽生長到地上來，還沒經過幾多的日子，便連看望東西也還使眼目昏花得沒有辦法。所以這樣被風一說，便只感着前途的可怕，模模糊糊戰戰競競的一種心情了。

「但你雖是將成大樹的芽苞，但在尚未成長之前，萬一初豺狼和狐狸們來踐踏，那便會折斷的。如果這樣，便一生完了呀！因此，你不得不鍛鍊身子呀！」浮浪者的風，這樣的給嫩芽說。

可憐的嫩芽，把風所說的話感動的聽了。

「那麼，要怎樣我才能強壯起來呢？」嫩芽問。

風更加悲痛的口調向嫩芽說：

「那只好由我來鍛鍊你罷！如今你須得堅強不屈的忍耐着。」

風於是便強烈地吹刮起來了。這樣一來，嫩芽不必說了，原野裏生長着的一切草木樹林，都驚惶擾攘起來。這小嫩芽的柔弱的頭兒，翩翩地顫抖着，好像將要碎斷的樣

子了。粗暴而嚴厲的風，真不知道何時會停，只是愈吹愈厲害起來。嫩芽已是頭暈目眩，立刻便將要倒壞的神情了。

這時候，太陽看着。很不過意的叱責着風道：

「怎麼使這樣的小嫩芽吃苦呀？你要狂暴騷擾，怎不向高山頂上衝撞去呢？否則到了夜晚，到那茫茫的大海中去與波濤做對手爭鬥好了。莫再苦這小嫩芽呵！」

風望着太陽飛奔似的向空中升騰起來，而且喊着道：

「我並非苦這小嫩芽呀！若不把小嫩芽鍛鍊成強壯的身子，怎能夠在這曠野裏長育得大呢？為要這樣，所以我非把這嫩芽鍛鍊起來不可呀！」

太陽現出惘然的形狀，暫時出神的望着下面。

「如違我言，把你遠逐到三千里外去呵！從今以後，在芽未長大的時候，你決不得再那樣強烈的吹刮呀！」太陽這樣命令了風。風低聲唱着，向海的彼方去了。

後來，太陽定睛地眺視着可憐的嫩芽說道：

「已經沒有可怕的事了。苦你的風到遠方去了。此後我看護你罷！」

嫩芽生到這世上，偏偏有這樣預想不到的複雜的事，因此覺得苦惱，並且害怕得發着抖。

「你冷麼？為什麼這樣的發抖呢？」太陽覺得奇怪問牠。

嫩芽被風吹搖，身子非常地疲乏了。而且喉嚨也極度的乾渴，一心只希望着雨的降來。可是牠並未曾把這樣事說出口來，一味的包圍在不安裏顫抖着。

「好可憐呀！你是連話也說不出來的這樣冷麼？因這而顫抖的麼？如今可以安心了。風已到那方去了。我一定給你溫熱呵！」太陽說。

於是，太陽邃然增加了熱和光。那熱把雲趕散了。這一來，好容易剛伸出地上來的嫩芽。牠的小葉凋萎，細莖乾渴，最後便枯死去了。

太陽不關心這事，照臨着下界，一直到黃昏。

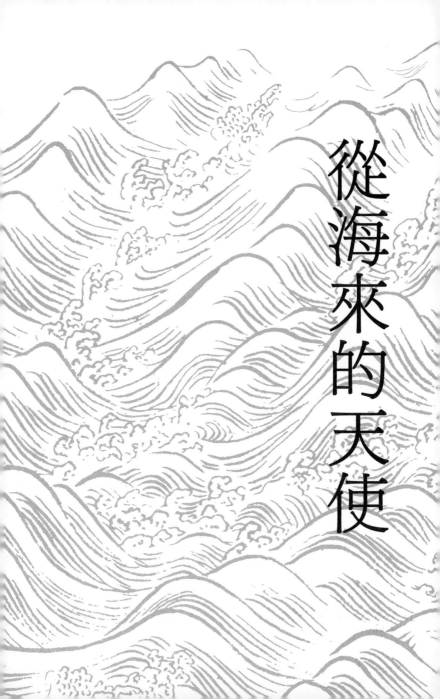

從海來的天使

人們想知道天國的樣子，同樣的，天使的孩子們也是很想知道下界的人們是過着怎樣的生活。

人們要到天國裏去看看的願望是做不到，可是天使降下人世間來的事是可能的。

「媽媽，請給我到下界去一回呀！」

天使的孩子請求了母親。可是媽媽並不輕易許可的。

什麼緣故呢？因為人們是比天使野蠻。在我兒的身上說不定會生出什麼差錯來呢！

「媽媽，務請給我到下界去一回呀！」那幼小的一個天使，屢次地請求了媽媽。

地球上，每夜同樣的，天空中美麗地輝射着紫色。在這地球上聽得說是一般和天使有同樣姿態的人們住着，並且營着那種種的連天使們簡直想像不到的生活。

「如果那麼樣熱心的想到下界去，不是不給你去。可是一去之後，非忍耐到三年，是不能再轉這天國來的。如果你有此決心，便給你去罷！⋯⋯」媽媽說。

美麗的天使暫時想了一想，最後算決心了。

「我到下界去三年之間可以忍耐着，看種種的東西，聽種種的事情來呢。」這樣答。

從天國達下界的路，是有數條的。乘着赤船衝波撥雲，任那可怖的旋風刮去，繼續着兩日兩夜的長途，才慢慢地降到下界的海上，這是一條路。又把自體變作雲，變作鳥或變作露，降到下界的山上或屋頂的尖塔以及原野裏，也是可以的。

　　在人們的力所不能夠的事，天使是容易做了的。因此，幼小可愛的天使，想降到野蠻人住着的下界來看看的事，也並不是空想的。

　　幼小的天使，不知在何時降到下界，變成一美麗的少女了。

　　在秋寒的一天。她站在街端的一大家宅的門邊，一心地聽着那家內洩溢出來的鋼琴音以及好聽的歌聲。因為那聲音是過於悲哀，一想起故鄉來，又不知是幾千百里的遠隔着，縱然想歸去，然而如今是無法可歸，幾乎是走投無路了。少女一心只想自己親切的人來拯救她。

　　空中好像暴雨將來的模樣。從朝上便在街中徬徨着，偶爾到得這家屋前，不覺地停了步，入神地傾聽着鋼琴的聲音。

　　不久之間，街上燈光明亮了。家屋內的鋼琴間也停

止，歌聲也沒有了。可是，可憐的少女，不想離開這家屋前仍舊在那裏站着。

這時候，穿着漂亮的洋裝的小姐出來了。小姐好像是要動身到什麼地方去的樣子。

「姐姐，請帶着我一塊去呀！」站在門前的少女這樣的叫喚。

小姐駭了一跳，轉回頭來一看，那裏站着一個很可愛的，但是又現着好像很怕冷很寂寞似的樣子的少女。她雖抬起自己的臉兒來，但小姐傾着頭想，總想不出這孩子是什麼地方的人。

「怎麼會知道我去的地方呢？」小姐說。

「姐姐去的地方，我是很知道的。姐姐這時不是到跳舞會去麼？請你帶着我去，我一點不使姐姐淘氣呀！我只是想看大家跳舞便行了。……」少女請求。

「那，倒是不能帶你去，快回去罷！」小姐厭煩似的說着，爽然地走向那面去了。

少女怨恨似地，目送着小姐走去，看着小姐的樣兒漸漸的隱沒在暮靄裏不見了。少女沒法，只得向着寂寞的方面走去了。

日已是沉下去了。離了街以後，家屋的數目，漸漸地少起來。這時候，路上有一個恰與自己年歲相仿的一個小姑娘背着乳孩唱着兒歌走了來，少女一聽到這兒歌心上為之感動了。

　　「是怎樣地深情的歌呀！便在天國，也未曾聽過比這可貴的歌呢！」這樣想。於是少女走近攏去。

　　向背着乳孩而唱歌的姑娘，親切地問道：

　　「天不是已快要黑了麼，你是一直到了這樣的晚上在外面站着唱歌的麼？」

　　背着乳孩的姑娘，被這不認識的少女溫和地下問，不禁眼裏含了淚說道：

　　「因為媽媽害了病哩！不能夠有多的奶給他吃。務要想法使他睡，所以這樣的老是站在外面唱着歌哩。」

　　少女聽了姑娘的話，更加感動起來。

　　「那麼，半夜裏你也起來唱歌的麼？」

　　「半夜裏我也得起來，餵牛奶，給他吃。哭的時候不得不照應着呢。」姑娘答。

　　美麗溫和的少女真感動極了。

　　「我今夜代你照應這嬰孩罷！……」少女說。

「謝謝你！這因為要使母親不安的，請你不必罣心着罷。……」姑娘答。

少女想着：親切的意思反而成煩擾的行為是不行的。於是遂走去了。

「願你媽媽快快好起來！……」少女走去時這樣說。

少女走着，背着嬰孩的姑娘，從後面追跟了來叫住少女道：

「你的家在那裏呢？……」

少女現着寂寞的樣子，看着小姑娘的臉微笑着答道：

「我的家是遠着呢。……」

小姑娘聽着很為吃驚。

「已到這樣的黑暗了，你怎樣能夠轉回到你家裏去的呢？……不過是不大清潔，今夜請到我家歇去罷！」小姑娘充滿着真誠地說。

「我的事請你不必顧慮！……」少女說着，快快的向前面走去了。

這晚上降雨了。小姑娘在薄暗的家屋裏照應着嬰孩，一面想着先刻走過前面的那溫和的少女，不知這時候是怎麼着呢？時時顧念着她的身上。但是，從今夜起，媽媽的

病漸漸地轉好起來了。

　　不知不覺，冬天已來了。

　　是在寒風吹拂的夜。在地上，二三日前降的大雪還殘留着。天空裏，閃灼的星兒在恐怖的雲間輝耀着。

　　在這裏，有一個很可憐的按摩老人。每晚同樣的拄着杖，吹着笛在街中走着。按摩老人走過一個小陂塘，因地面是凍結了的，腳滑下去了。在這一滑之下，懷裏的錢袋落掉，袋口開開，銀洋銅元一齊滾落出來了。

　　「哎呀！糟糕了！」按摩老人慌忙地用兩手開始探摸地面。

　　指尖因為寒冷發了痛，連這是石頭呢是土塊呢？還是銅元呢？都判斷不清楚了。過路的人大都因為怕冷趕着向家去了。有些人在路旁看見這情形的，以為那老人是瞎子，倘使給他拾了，反會生出什麼嫌疑來，還有小幫工們懷着不良思想的，想等着老人去了自己再來拾錢。

　　恰在這個時候，溫和的少女走到這裏。

　　「怎樣的，人類是懷有這淺陋的心呢？在天國裏，像懷有這樣思想的以及薄情的人，是一個也沒有哩！」這樣想。

　　「老爺爺，我替你拾！」少女說着，拾了銀角和銅元，

裝進按摩老人的袋中了。

在困難中的按摩老人大大的歡喜而且感激。

「今夜因為道路凍了，很滑，本想不出來的，現在遇了這樣的事。實在多謝你哪！」說着接連地對少女行感謝的禮。

親切的少女，牽着按摩老人的手，送着他回家了。

這家裏的老奶奶正在想「這樣地冷，路又滑，不要跌倒了哪！」這樣焦心着。忽然看見一個少女牽着老爺爺的手轉來了。

老奶奶聽了老爺爺說給她今夜幸得少女求助的話，很是感動而且誠懇的說了感謝。請少女進到家裏，燒起火來，暖暖的，款待着。

「小姐好像不是這街裏的人吧？你的家是什麼地方呢？」老奶奶問。

少女立即現出很寂寞似的樣子。

「在這個世界裏，我是沒有家呢！我是一個孤人，今日在這條街明日在那個村這樣的流浪着……」少女答。

這樣一說，老爺爺老奶奶都現出呆然地驚愕的樣子。

「啊啊！那麼，不是爹爹媽媽也沒有的麼？」兩老問。

「我的媽媽和爹爹在離此很遠很遠，便走也不能走到的地方呢！」少女答。

老奶奶點點頭。

「哦！兩親都不在世了 …… 你是成了孤兒哩！」這樣說着。

老爺爺拉了一下老奶奶的袖子。

「真是溫和可愛的孩子，而且兩親也沒有了，最好把他認做我們的孩子。你的意下如何？」向着老奶奶方面，用低的音聲說。

老奶奶打量着少女的樣子，說是孤兒呢？又過於美麗，總覺得她的品格不像伶仃孤苦的孩子呢？但是看她好像有什麼不安心似地，老是傾着小的項頸沉思。

「唔，像你那樣的願望不知是行不行呢？ …… 」老奶奶回答說。

「有了這樣的一個好孩子，家裏不知有多少幸福哩！」老爺爺說。

老奶奶很以為然，於是立刻很溫和地，向着少女請求道：

「真是可憐的小姐這樣孤單寂寞，不知道願意不願意

來做我們家的孩子？因為我們只有兩個人，實在寂寞的不堪哩！」

少女回想到遙遠的天空的她自己的故鄉了。一想到故鄉，就會悲哀。

「我雖然不能常做你們家的孩子，可是，在短期間裏願意給你們幫忙。」少女答。

「那麼，短期間也是很好的，請幫忙吧！」兩老請求。

溫雅的少女從這天起，幫着老爺爺老奶奶們做事，親切地為老人盡力。

因為老夫婦決不是心壞的人，所以少女便做辛苦的事情也忍耐着。而且每夜牽着老爺爺的手，到街上去。

「啊，爺爺！好寒冷的夜呀！」少女一面走着說。

「呵！快到春天，溫暖起來便好了！」老爺爺說。

冬風吹着，星光閃灼輝耀着。少女凝靜地眺望着星光懷念起故鄉來。

到春天了，海上平靜得如鏡子，山花開放，原野裏綠草萌芽了，某一天街上的人們，喧傳說海上看見着不可思議的景色。那就是蜃樓。

「老奶奶！說是海上看見不可思議的景色哩！去看看

吧⋯⋯」少女向老奶奶說。

「啊！是很好的天氣哩！你一個人出去看吧。我年老了走路頗不容易哩！」老奶奶答。

少女獨個人到海邊去一望無際的海原，滿佈着彩霞，太陽光，麗朗地照射波上。人們遠遠的眺望着海的彼方。朦朧地好像影片樣的，不知是什麼地方的景色，山丘、野原，紫色的屋頂等浮現着。大家都通通看到。

「啊啊！是我的故鄉的景色呀！」這樣說着少女飛躍起來了。從天國到下界來，好快，已經三年了。這期間，種種的人類的生活，也都接觸過了。如今是歸故鄉的時候到了。

街市上的人們，到了不可思議的景色漸漸隱滅直至看不見的時候，便回家去了。只有少女站在岩石的岸上，一心地向着海的彼方望着。在這時候，有一艘赤船向着這面駛來。這是迎接少女來的。少女上了船指着天國回去。這溫和可愛的天使，永遠與這下界告別了。

天國裏優美可愛的天使的媽媽，早等待着她的孩子歸來。三年之間，在下界受盡困苦回來的孩子，母親心裏日夜的罣念着。終於小天使平安地看見她的媽媽了。媽媽

知道仍然是美麗的無垢的和初去時沒有更變的她的孩兒時候，心裏說不盡的歡喜。

　　天使的姐姐，天使的弟弟，大家都想知道下界的情狀，都來團圍着作種種的問詢。這個優美可愛的天使，把在下界所見所聞的事一一都說了。於是他們都說道：「願把無量的幸福給與正直可憐的人們。」

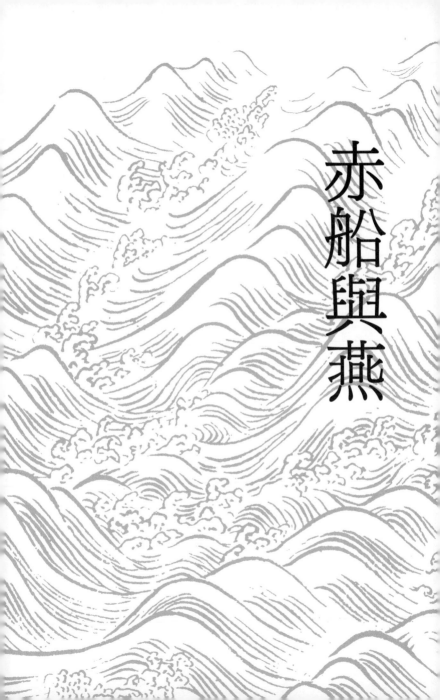

赤船與燕

某天的傍晚，赤船到了海濱了。那船是從南國來的，是國王遣派來迎接燕子的。

　　長期間，飛翔在北方的青色的海上，有時候停在電信柱上啁啾着的燕子們，一到了秋風颯颯，樹葉變色的時分，便不得不作南歸之計了。這些耐不住寒冷的小鳥，因為牠們生來便是要在溫暖的地方成育的。

　　南國的國王一想到已是燕子們歸來的時分，便派遣赤船去迎接。燕兒們也盼望着赤船的到來常在海岸近邊打探。一見到停在波間的赤船，便「嘻嘻」地歡喜鳴着。

　　最先看見赤船的燕子，為要把這消息告知尚未得知的友伴，高高地飛舞空中翻騰着紺色的美翼而高聲說：

　　「赤船來了哩！喂！已是我們動身的時候了。請傳告各方的友伴們呀！」

　　其中也有在遠處還不知道這消息的燕子，被村裏的好友們留住了：「喂喂！你何必那樣着急地回去呢？」

　　赤船在海濱停有四五日了。專候着每日從四方集合來的燕子。成群結隊都上了船，後來，連帆桅之上也站滿了。直到船上再無容身之地的時候，才靜靜地離開海岸。

　　大概是看定了月亮極好的夜而出發的吧。因為長期的

航行，有了好的景色，大家可以免去船居的煩悶，並且在月明之夜說不定在途中會有遺留的燕子來加入。

在那有一隻燕子打算乘船，急急地從遠處飛到海濱。可是已在船開行之後了。

這燕子非常地失望。沒有辦法只得用樹葉做船，決心乘了回去，因為除此以外別無渡海的方法。

白天裏，牠含着樹葉飛。到了夜裏，把葉做船在上面休息。這燕子照這樣飛行着，有一夜，遭遇着非常的暴風了。緊緊地含着樹葉飛揚於暗黑的空中，拚命和暴風戰，靠着自己的奮鬥支持過了這恐怖的夜。

天亮了，遙遙地看見下面的波間有一隻赤船遇了暴風翻沒了。這是國王派出去迎接燕子的赤船呵。燕子急急地歸去，把這事稟告國王。—— 國王於是說：「依賴自己的力才是最好的方法。」所以從翌年起，把派遣赤船的事停止了。

赤船與燕

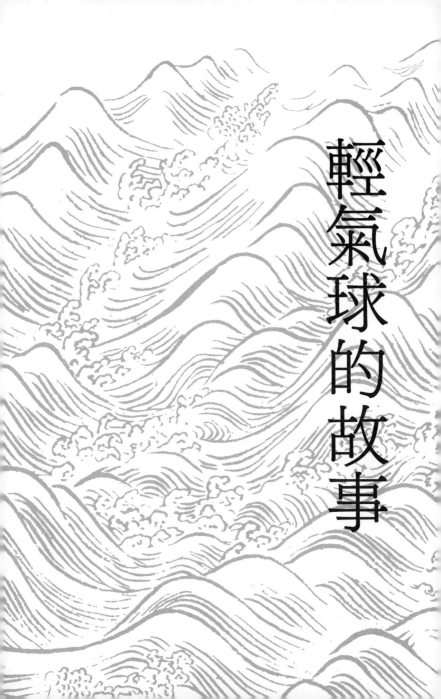

輕氣球的故事

輕氣球想升上天空去，可是因為線緊緊地繫着，怎麼樣總是不行。

　　小鳥從窗口窺探，做着不可思議的神情眺望着輕氣球。

　　「小鳥君，有什麼好玩的事麼？」輕氣球問。

　　「有趣的事麼？那真多着呢。方才我從那邊街上飛來的時候，有熱鬧的行列過去了。大概是有祭會吧……又在那邊的港灣裏，有大汽船停泊着。那真是好闊綽的船呵！此後我是正想着要去尋找更有趣的事呢。」小鳥答。

　　「呵呵！我也是很想升到空中去，自由地飛飛看看呢！」輕氣球嘆息說。

　　小鳥看了輕氣球屢屢要想上升的狀態不禁發笑。但不久又飛向別地方去了。

　　「啊啊！那可愛的小鳥不知那兒去了。我正想着要同他一塊兒去旅行呢……」輕氣球嘆息着。

　　無論如何，總想升到空中去看看的！這樣想着的輕氣球，他悟到除非將繫着自己的線說服之外，沒有他法，於是便向線說道：

　　「為什麼要這樣的使我受苦呀！如若我升到空中，不是你也可以一塊兒的有好東西看嗎？我並不只是獨自一人想

看有趣的事呀！」

　　線是嚴守着家裏小姐的囑咐的。可是輕氣球不是說不單是自己一人的快活，是想一齊去看有趣的事嗎？想了一想，以為這是不錯的；因為如果自己老是這樣地在着，那不論到什麼時候，不會得看到什麼有趣的事情的。

　　「不，對於小姐對不住的，不論怎樣也不能放！」線答。

　　「別說這樣頑固的話嘞！你沒聽見剛才小鳥說的話嗎？說是在街上有熱鬧的行列通過，在港灣裏有大輪船泊着，不想快去看看嗎？」輕氣球鼓吹着線說。

　　「正是呢！」線感服了。

　　「那麼，我離開衣櫃的扣子，同你一塊兒去呀！」線說。

　　「喂喂！快快地趁小姐不看見的時候，我倆從這窗口逃出吧！」輕氣球和線商議定了。一會兒紫色的輕氣球，尾部吊着白而長的線，從窗口飛出向空中升上去了。

　　小姐進到室內來，看見結在衣櫃扣上的輕氣球沒有了。很為奇怪。以為這是頑皮的弟弟拿到什麼地方去了，或是將牠放飛去了的！於是便去叱責弟弟。可是弟弟說：

「我不知道那樣的東西！」反向姐姐鬧了嘴。

「這說不定，一定是因為線自己脫了結飛去掉的罷！再買一個來好了。為這點小事便吵架是不行的！」母親這樣的說。

飛去了的輕氣球，高高地升上去。想着什麼時候，自己的身體要到雲端去，歡喜的不了。初次這樣高地飛到空中的輕氣球，什麼地方是街市，什麼地方是港灣，連方向都不曉得，所以只是無定向地飛着。

「不久之間，一定會飛到有趣的地方的吧！」輕氣球想着。

可是，漸漸疲倦起來了。覺得身體自然而然地降下去的樣子。究竟是怎麼了呢？輕氣球驚異的想着。

「真會有這樣可怪的事呀！」正想着，忽然想起在自己的尾上，有長而白的線繫着。

「怪不得這樣，原因明白了。自己是拖着這討厭的東西呢。要想個方法將這東西弄掉才行！」獨自說。

輕氣球這樣說的話，線聽到了。

「真是豈有此理！不是我將你弄得了自由的嗎？將那時的約定完全忘去，還說要把我脫離掉，真太不近人情了。

如果你是這樣的意思，那我自己也有我的想法呢！……」線怒着說。

輕氣球飛在樹林近邊的時候，線便緊緊地絆在樹枝上去了。這樣一來，從前輕快地飛着的輕氣球，突然不能動了。

「怎的？你掛在那樣的東西上啊？」輕氣球向線說出不平的話來。於是線說道：

「那是我這方面應當說的話。你能夠飛便任意地飛了看吧！」

不久，風吹了來，每當輕氣球吱吱地迴轉的時候，線便幾重重的絆繞在樹枝上去，到後來輕氣球無論怎樣擺弄也不能脫離的了。

就在這時候，小姐買了新的輕氣球來，像從前一樣地，將線結在衣櫃的扣子上，而自己到外面遊玩去了。小姐去了之後，衣櫃便把在前兩人相商，曾說過從窗口出去旅行的話，向輕氣球和線說了。並說：「他們這時候想已是在眺望着熱鬧的街市及港灣的景色了哩！」聽了這話，新的紅輕氣球便向線說：

「我們自己也一塊兒相好地出去旅行看看如何？」線是

聽了衣櫃的話的，所以不會拒絕這事。於是很歡喜地約定了。「啊！快在小姐不在的時候逃出去吧！……」說着，正在準備動身的當兒，突然小姐進室內來了。

「啊呀！差一點兒又要飛去了嗽！前次那輕氣球也不是弟弟放了的，是自己飛了去的哩！」小姐說着為要使牠再不至於逃跑，於是把輕氣球改製成線毬去了。這是春天的晚上，街道上已乾淨，小姐和小朋友們在打球玩着。那球在小姐旁邊輕快而有趣地跳躍。可是，並不想遠遠地離開到什麼地方去。

掛在樹枝上的輕氣球，終夜在那裏被風吹刮着。到天明，從前在窗口窺伺的小鳥，在那裏飛過，看見了很覺不過意似地站在旁邊的枝上眺望。但是，什麼也不說，便飛去了。輕氣球本想要說什麼的，可是，覺着羞愧，也無什麼可說的，只怨恨着線的報復罷了。

只有在內的衣櫃，因為一點也不知道兩輕氣球是變成怎麼樣了，而以為他們倆都很幸福的過着活呢。

黑影

在那方面，有兩株高樹挺腰直背聳立在明淨無雲的傍晚的天空裏，看去好像彼此兩方都把頭靠近，眺望這幽靜的四邊景色而談話着。

從田野連接到街市的道路，現出乾燥的白色，向北去，通繁華的街市。在那裏，有種種式樣的建築物，做買賣的店舖；往來的漂亮的人們，散佈在街市中間。從這街市更向北行，有寂寥的小路一直通到海。

假如從這現白色而乾燥了的道路一直往南去，便有鄉村，村盡頭又接連別的村。在那裏，農家包圍在常綠樹的森林中，森林上面飄起一縷縷的炊煙，農場上有和雞犬一塊兒在地面爬去爬來玩着的兒童，還有從牛棚裏伸出頭來吃飽了草而做着要睡的樣子的老牛。

牠們都是茫然的無從知道：在這田野裏的一條路上，不知何時，來了一個黑影蹲在道旁的石上。

在兩隻鳶，在那高樹頂上的天空中，畫圈子般飛着。可是，漸漸日暮下來，到那漸漸昏暗的時候，月亮現出圓圓的臉兒到這寂寞的田野裏來了。

月亮看着這突然出現的黑影，於是發出聲音問道：

「你在這樣的地方想什麼呢？」

說是女人呢，身材似乎過高，男人呢，又過於瘦削的這黑影，聽了月亮的詢問才開始抬起俯着的臉兒來，一看，不是別的，乃是兩眼如冰，冷冷發光，從空洞的口裏露出着白色的三個尖齒的「死」。

　　「我不論走到那裏，都被人家討嫌，便是太陽、小星；對於我也未曾有過好意。開着的花，吹着的風，看見我都背過臉兒去。我是不是非給人家嫌惡不可的麼？我便是想着這個，……」

　　月亮一面注視着黑影漸漸升高了。

　　「那溫暖的太陽嫌惡你，自怪不得，那有着生命的草木嫌惡你，也不足怪。因為你一走到那裏，有生命的東西，不是一切都凋萎枯槁去麼？就像這田野裏你走過以後，不是明瞭地踐留着你的足跡麼？可是，我倒並無所謂怎樣嫌惡你呢？」

　　死好像疑惑起自己的耳朵，凝定地注視着月亮。

　　「月亮君，人們說你無情，是不是因為不嫌惡我的緣故麼？」

　　「不！不是你所說的意思！我每日每日從高高的天空俯視着下面廣闊的世界，在那裏，充滿着苦悶可憐的人們，

有的為了生活終日現着愁眉苦臉的色相並且一刻不停的勞動着，有的為了疾病無望地轉輾呻吟在床褥，有的為了亂離而流散了心中常感到孤獨和悲愁，以外還有很多感不着生存喜悅的人們這些……，你用了你的寒冷的手去擁抱他們搭救了他們朋友，我便是因這緣故對你同情的！」

　　月亮這樣說了，於是死好像很感激似地抬起頭來開了空洞的口答道：

　　「月亮君，你是世界上 —— 唯一知道我的人了，我使那在寂寥中在孤獨中，海邊燈塔上的老頭兒安靜地睡眠去的時候，我未曾覺得做了惡事。又使那處了無期徒刑的男人每夜在沉悶着在苦痛着，於是決然給他刺了心臟，他很舒適地死去的那個時候，也未曾覺得做了惡事。可是，從沒有誰來褒獎我，我至今未曾想着自己是會被人愛好的。」

　　「可是，死呢？自由呢？這樣談着的人們也是有的呵！……此後到那裏去呢？」月亮問。

　　「想到那面的街市上去。」死答。

　　月亮靜默着向空中升上去。死凝靜不動地老在石上坐着。

　　恰從那方面，一個男人牽着踉踉蹌蹌的一匹馬到來。

因為已是不中用的馬，今夜送往屠殺場去，死一看到這用不着自己的手，垂喪着頭通過面前而去的可憐的犧牲而吃驚了。

這馬，是將官乘的。戰爭的時候，將官乘着這馬指揮的。那時候，死靜悄地默着：走近去刺了將官的心臟，而且剝了將官的服裝纏在自己身上，跨了馬當先鋒，襲取村莊，攻擊街市軍馬踏過人們的屍身而去。炮車轟碎建築物前進。有時候，把年輕婦人裸着體，把長的毛髮結於狂暴的馬尾上，把大聲悲鳴的女人橫拖倒曳而去。…… 是那個時候的馬。死這樣想。

死，靜靜地從石上站起來，牽着馬，把手搭在男人的肩上。男人立刻感着到一步也不能向前走的那般疲勞，而來到死坐着的那石頭上坐下了。於是便那麼着俯着頭長眠去了。這回，死無音聲地，跨於馬背，默默無言的向街市方面行去。—— 在街市上正是酣歌恆舞燈紅酒綠的時分。

大地回春

從灰色海面洶湧而來的波浪，露着白牙吞噬岩石而打在崖壁上。

風虎虎地作聲吹着平原。這時候有一株頂破了砂土伸出頭來的小嫩芽。

「怎這樣可怕的景色呀！……」

小嫩芽縮小身兒隱於土蔭下不給誰瞧見似的悄悄地向周圍巡視。

要到雪風亂舞的世界去開花繁榮是極為冒險的。一想到必得自己當先去做那冒險的事又覺得是無謀之舉。

風以巡視古戰場之心，橫暴地向平原上無際涯的吹去。好似病憊了一般的黃色的陽光淡淡的照在砂地上。

「便今天麼？或俟明日呢？」

小芽為要出這世上而思量。

趁着風向海的方面退去四面變成平靜的這當兒，小芽伸出頭到砂外面來了。於是開了鮮紅的花。看了這樣的太陽幽微地出着聲，光立刻吸住了那紅的花瓣了。

「我並未生什麼病，隨時都壯健的。不過等待着新的生命產生罷了。」

花生到這無依無靠的世界來，得到太陽為友伴，因之

072

增加了不少的力量。

這天的傍晚，一隻天鵝飛舞空際看着砂上開着的花了，嘻嘻地叫着：

「我們已經是非離開這海岸不可了。」

「怎那樣的忙呢？如若雪再降一次，那花便會馬上無形跡地凋謝去呢！」

天鵝的雛兒知道要到那未知的他國去，喜歡得在喧噪着了，可是親鳥，眼前還沒有離開這海岸的心思。

當夜，可憐的花聽見了暗沉的海的轟濤聲了，灰色的天一明，風怒吼着海邊突進，風因來勢過猛從花頭上通過，但是，其次來的，很周到的好似睨視着地面呪罵般的吹來。

「二三日前，這裏曾降了雪你不知道麼？還不是汝等伸出頭來的時候哩！」風向花說。

花只是顫抖，不作聲的默着。

「嘿！有意要佔領老子們的領土的麼？太不識高下的東西！」

風罵了花，想毀損他，可是花雖然生得小，而支持自己自身的那根，是盤據了地上的。紅的花瓣，雖然幾次殘

虐地將要被損毀脫落的了，然而每當暴風狂猛地襲來的時候，便垂下頭讓風過去，乘其虛抬起頭來柔韌地竭其全力而奮戰的。

風一直到夜都在吹着花，天鵝知道自秋及冬吹散樹葉，蹴波碎雪的可怕的力，將不久要沒有了。於是在夜裏，告知朋友們和海岸，告別同伴們互相呼應着，更指向着寒冷的地方開始旅途了。

天亮後，崖上的平原裏，紅的花像一點火焰似的，從昨夜不息的暴風中，翩翩地呈着似乎戰勝而得意的樣子，反而風，不知怎的衰弱下去了。

一直到了這時候，不動的在海上的黑雲中，具有似玻璃般的眼睛披着冰的衣裳的老嫗，向這面看了。知道風不論怎樣力戰已不能取回彼方的平原，她搖一搖了頭，她的白髮變成電光在黑雲之中閃爍了。

她最後還降了雪，可是雪落在地上立即無留戀地消去了。紅的花，在雪中仍是很精神地開着。

不知何時，失了征服力的風和雪，在空裏相抱而溶合如淚一般的落下來了。

長時間支配了這四周的老嫗，放電鳴雷跟從着殘雪與

風的威勢向着北方退回去了。

「已無事了，大家伸出頭來呀！」這時紅的花極力地發出大聲叫喊。

於是，忽然之間，頂破了砂地，同樣的無數的芽伸出了頭，一齊的開了紅的花，平原為這些紅花埋蓋了，這恰好像不知插着幾千枝的蠟燭似的紅焰，搖抑於輕微的風裏。

昨日還是吞嚙岩石衝撞崖岸而來的波，如今媚人似的柔和地向着岸了。

這時候，不知從何處來了一個少年，站在崖上，一面向海那方眺覽，一面吹着口笛，隨即又到開着花的野原裏坐着，很爽朗地唱着歌：

　　呵呵！春天已來了，
　　這紅的花呀！
　　好像是大地之火焰。
　　和雪與風苦戰之後，
　　才顯出美與自由和平。

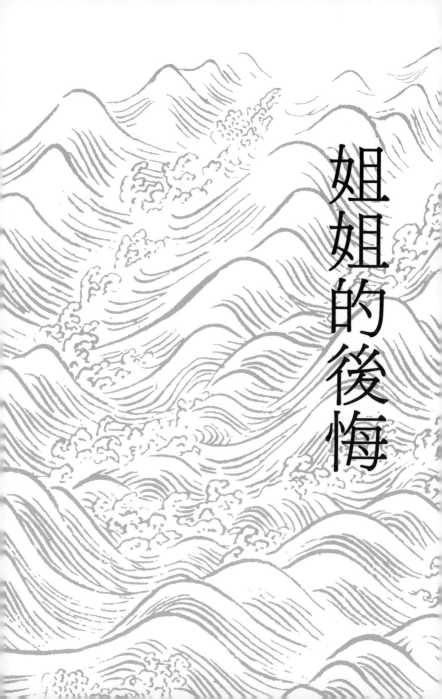

姐姐的後悔

弟弟今年是十歲，哥哥恰恰是十三了。

　　弟弟是非常聰明，更加之以長得可愛的緣故，所以不單是家裏的人，便是無論那個都很愛他的。

　　說起哥哥來，是不多說話的，常喜歡獨自地遊玩。便是當弟弟被大家誇獎，被大家嘲笑的時候，哥哥也是另在一邊很孤寂似地獨自在玩着。

　　可是，哥哥也決不會被大家憎恨的，只不過沒有像弟弟那樣地被大家愛罷了。

　　這是某一天的事。

　　弟弟從外面進家裏來向哥哥要求說道：

　　「哥哥！今晚帶我去捉螢火蟲呀！」

　　哥哥因為自己的眼睛生來不如弟弟那樣的好，夜裏是不大外出的。所以便回答弟弟道：「在這附近沒有螢火蟲罷！不到遠處去是不行的罷？」

　　「哥哥！隔鄰的俊傑君兩三天前，才在那面的田圃裏捉來的哩！」弟弟要求說。

　　「那麼，等到天黑了後去看啦！」哥哥很溫和地答應了。

　　兩人把不知從何處吹來的，附有長葉的青竹，尖端着

濕了水面去追撲螢火蟲。

　　初夏的太陽一沉落，暫時間，空中是如醉了酒一般地添着彩色。田圃裏面，種種的野菜和草類伸出柔嫩的芽和強韌的蔓。四周極其閑靜，說不出的有一種芳香。

　　弟弟在哥哥的前面走出了村子，而到小河的岸邊來了。遠方的地平線，已經灰暗。立在田丘畦道的樹列的影子，雖幽微地浮現於空裏。但一到連這也分辨不出來的時候，四周全變黑暗，只不過能聽得到水音而已。

　　「哥哥，隔鄰的俊傑君說是在這裏有，可是一個都沒有看見呢！」弟弟急急地好像是全無興致似的說。

　　「還很早罷。」

　　哥哥手裏拿着青竹，兩個少年穿過細徑走到田間去了。

　　田裏秧針還短，青蛙不息地鳴着。

　　「哥哥！那個不是螢火蟲麼？」弟弟不意間指着那面。

　　「在那裏？……」哥哥振搖着青竹，跑着去了。

　　放着青光的大螢蟲，掠過稻葉之頂，在哥哥前面飛去。哥哥不知幾次地撲了那螢蟲。然而螢蟲巧避開去，仍把那放青光的影子，映在下面的田裏而飛着。

　　「哥哥！哥哥！」弟弟從後面，一面喊着哥哥一面走着。

因為哥哥把星的影兒當做螢蟲而追趕去的緣故。

弟弟是想把這事告知哥哥的。可是哥哥未曾聽見弟弟的聲音。便在這樣的時候，弟弟倒覺得哥哥這樣的把星當做螢而追趕去的事，是頂好笑的了。無論看那裏連螢蟲的影子也沒有，在全無興致的時候，想不到的會接着這好笑的事實，於是弟弟在這面拍着手發笑。而且在想着：歸家之後在母親父親孀娘姐姐們大家都在場的時候，告訴他們哥哥追趕星兒的事。

「哥哥！捉着了麼？」弟弟這樣叫。

「就捉給你呀！」

哥哥這樣說着，心想快捉螢蟲給弟弟，仍向前追趕着。不料在這時偶一不慎，哥哥墜落到小河中去了。

既而兩人向家裏歸去了。哥哥全身像水老鼠一樣衣服都被泥水浸污了。

一到了家，弟弟馬上便進去了，可是哥哥呢，在門口悄然地站着。

「為什麼不進來呢？」姐姐說。

哥哥想是怕被罵罷，默不作聲。於是弟弟告訴道：

「哥哥是掉在河裏了。」

「嗎啊！」姐姐驚着出到門口來了。看見哥哥的樣子又大吃一驚。

「你不是比弟弟大麼？這個，看看！那裏會有把衣服弄髒這樣的不中用呢？對着弟弟不害羞麼？」這樣叱說。

哥哥雖然知道姐姐是褒獎弟弟，而自己挨罵，但仍是沉默着。只因他打算為弟弟捉螢蟲而追趕。又因為自己眼睛不好，把映在田面的一顆星影當做螢蟲，因此絆跌了落在小河中。

哥哥很老實地挨着姐姐的罵。既而哥哥和弟弟兩人，進到明亮的家中來了。

「是怎樣的會落下河中呢？」

這時候，姐姐方才開始現出笑顏來問二人。

哥哥仍然是默着，但是弟弟把經過的事，一切都向姐姐說了。

姐姐雖然不出聲的聽着，可是便在這樣的時候，兩隻眼裏流出淚來。

「是想捉給他螢蟲麼？是麼？嗎啊，因這樣而掉在河裏麼？」這樣說着，姐姐後悔着罵哥哥的一回事，不只是撫摩哥哥的頭，從心裏感激哥哥的優美的性質了。

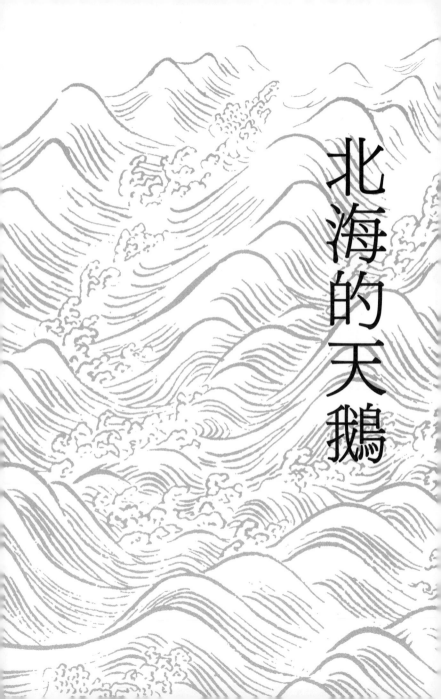

北海的天鵝

上

從前，有一個很富有的國王，他的宮殿很壯麗，竭盡了世間一切的華美。有中國的寶玉，印度的印花布，交趾的磁器。另外還有從南海取來的珊瑚等，裝飾着。此外陳列着古酒瓶，又有如花似玉般美麗的女人在殿上伴着國王。琴和笛等樂器的妙香和柔美的歌聲，無晝無夜的彌滿在宮殿裏。

國王完全是在幸福中，從沒知道不幸是什麼一回事，恰在這時候，從東方的國裏來了一個賣藥的，獻給王一種藥說道：

「這是出在中國崑崙山的長生不老藥。」國王從來怕着老和死，現在得了這不可思議的藥，從此可無須憂愁了。這獻藥的人，得了很大的賞金，不知向什麼地方去了。

以後，又有一個奇怪樣子的人，到這國裏來了。這人是替人占運命的，能說出未來事的賣卜人，他自己說生在西藏，有幾多歲數，自己也不知道；身材短小，目光炯炯地放着光。

這賣卜人來了的言傳，傳到國王的耳裏的時候，國王

便立刻將他召進宮去。國王微笑着看這奇怪的人，說要這人為他自己占命運。

「如何，為我占占運命罷！我想在這世上像我一樣幸福的人，是不會有的罷？」國王說。

樣子奇怪的矮小的賣卜人，俯伏在國王的腳下。這時候，抬起了那一雙黑眼只閃閃地發亮。

「實在惶恐之至，求王暫給我一點時間！」這樣說，於是坐在地上，閉目深思起來。

中

不久，日漸漸暮了。宮殿的廣大的庭前，焚起了篝火。那火焰的影子照着這奇怪的賣卜人，紅得似乎要將天空都燒焦一般了。

賣卜人一心一意地祈禱着，末後抬起頭來說出所占了的事。

「陛下，從來是沒有戰敗過，萬事都隨心所欲成就着來的。」賣卜人這樣說過。隨後又把在某個時候，國王的少數的兵破了敵人的大軍；有個時候，逃出了極危險的地方而

反破了敵軍；又有個時候，害了重病得使法術的巫女出來為王祈禱治癒了等等的事，委細地申說了一番。

「正是這樣的。你的占卜好準確哩！那麼，將來又是怎樣呢？想也不會有什麼變故吧！」國王問賣卜人說。

賣卜人抬起頭來仰看天空，不知在什麼時候，空中好像撒了金銀的砂一般，繁星燦爛地閃耀着了。

「住在這地上的人們的靈魂，便是那天空的星呵！」賣卜人說。

國王仰視天空，見頭上有無數的星兒在閃耀着。

「啊啊！好多的星呀！大的也有，小的也有；大的想一定便是那有德的偉大的人了罷。為帝王的我，是在那群星中最大的那星吧。賣卜人喲！是不是這樣麼？」國王說。

賣卜人恭敬地低了頭抬起臉來說道：

「實在惶恐之至，陛下的星，是在那裏看見的那紅色的小星啊！」賣卜人答。

「什麼？我的不是在頭上看得見的那很大的星，而是那紅色的可憐的小星嗎！這是什麼緣故呀！」國王問。

「如今，陛下是很幸福，可是幾年之後，會有強者出來奪取王的天下，這在星上可以看出的。不過那人，現在

還是年輕的小孩，在北方的曠野裏和犬馬們一塊兒跑着玩呢。將來帶着大兵進逼了來的。那很大的星光，便表現着那人的運命。」賣卜人說。

國王聽了這樣的話，非常憂慮起來，篝火不知什麼時候消滅去了，管弦之音也休止了。看過國王的運命的賣卜人，告辭了國王，不知往什麼地方去了。

下

國王不如從前一樣的幸福了，花晨月夕觸景生情，悲命運之無常，恨榮華之不久。

世上的有趣的事，榮華的夢，都做盡了的國王，想要過永久的和平的閑靜的生活了。他想，要過這樣的生活，那麼，人間是太煩雜了。

正在這時候亞拉伯來了一個有名的法術師。國王將他召進宮裏，向他說道：

「若能給我做到不被任何人的煩擾，永久和平安靜地，在美麗的自然裏過着生活，那麼便是使我變成生於高山頂上的一株孤樹，開在荒涼的曠野的一枝花，我都願意的！」

這法術師依從國王的心願了。他只要將手裏拿着的杖，隨便叩一下，便能將國王變成他想着的形相去的。究竟這法術師將國王變成了什麼樣子呢？

　　「陛下，這國土、富貴、幸福，都是不要了嗎？」最後法術師問國王。

　　「我是要求着在這個以上的。永久的和平呵！石頭也好，青草也好，快用你的法術將我變了吧！」國王說。

　　這時，法術師舉起魔杖，將國王一叩，奇怪得很呀！國王的樣子立刻便消失了去，在那裏只留着一個蛤了。

　　法術師看了蛤，又看天空。於是便不知往何處去了，過了兩三天，有一隻鷲，高高地看着下面飛來，一看見蛤，便立刻落了下來將蛤啣着，向北方遠遠的飛去了。

　　鷲不分晝夜地，好幾回繼續着向北方飛去。飛過了沙漠，飛過陸地，高山以及青色的海上。

　　愈往北邊，海水也跟着愈青起來，天空也很清朗。岩石尖銳的高聳着，海浪不斷地打來，恰好在這上邊的鷲，將啣着的蛤遙向下方的岩石落下，於是蛤墜落岩上，碎成了微塵。這微塵同時變成無數的雪也似的天鵝飛了起來。

　　自那日以後，天鵝開始飛舞在海上了。比血還紅的

西方的暮靄，彩畫着波面的時候，飛在空中的天鵝，已是渴望着故鄉似的在叫鳴了。從此，天鵝便永久成為北海之王了。

蛤蟆媽媽

蛙這樣動物，真是老成溫厚的東西，這大蛤蟆，因為做了許多小蛤蟆的媽媽，更是唯一的老成溫厚了。

市街的背後，是小小的土坡有細小的路徑通着。細徑的兩旁都是竹子，所以在那裏有蛙棲着了。在去年的恰恰這個時分，這媽媽的蛙，到土坡上來看望他的孩兒們澎澎地有趣的跳躍。

往來的人，走過時大家都看着這蛙。

「這是可愛的蛙哩！不要踏着牠，當心走吧！」女子們這樣說着，避開牠走。

媽媽的蛙，以為人們真是親愛的。

今年又是到了那時分了，梅雨時節的土坡，路是濕淨淨的。竹子內的草，青青地繁茂着。媽媽的蛙和去年同樣的走到坡路上來。

某天，這媽媽的蛙想：「人們住的家究竟是怎麼個樣子呢？今天去看一回吧。」這樣說着，一步一步的下了土坡向着街市走來。

蛙的腳是很緩慢的，來到市街的時候，約莫已傍晚了。

「啊，便一家一家的走去看吧！」蛙想。

人是可親愛的蛙，這樣想着，便從那一家屋的門口跳

進去了。

這一家是米店。米店裏的老頭兒以為是什麼黑的大東西進來了，仔細一看，卻是蛤蟆。於是「喂，喂，爬進這樣的地方來，不討厭麼？咦！出去吧！」這樣的說着，老頭兒一面笑着，一面拿竹棒把蛙逐出街道上去了。

媽媽的蛤蟆並不特別以為這是悲哀的事。接着又爬進鄰家去了。

鄰家是炭店，老主婦做冬天的準備在做着炭團。蛤蟆一爬了進來，老主婦便「爬到這樣的地方來，全身會染成漆黑的喲！到那面去！」這樣的說着，拿起在那裏的掃帚，把蛙掃出街上去。

媽媽的蛤蟆，也以為這是可悲的，很溫和的出了那家之後，又向着其次的鄰家那面去了。傍晚的天空已經晴了。蛙從門口爬了進去，那裏有清麗的水，魚許多許多地在游泳着。於是喜歡之至，突向裏跳進去了。「啊！」那裏聚着的兒童們，都大嚇一跳，原來這家是賣金魚的店。金魚店的老頭兒，立刻拿網撈起蛤蟆，澎的一聲拋出外面的街路上去了。兒童們又大家嘻嘻地笑了。

媽媽的蛙回想起自己的孩兒們來，便向着昏暗的土坡

那面歸去了。

盲星

這是距離現在老遠以前的事。

某處地方，有一個眼睛不十分看得見的小姑娘。小姑娘在幼小的時期，媽媽便丟着她死去了。其後再娶來的一個母親，不把這小姑娘當自己生的孩兒一般看待，時常借故生事去為難小姑娘。

小姑娘眼睛雖然是不大看得見，然而實是一個聰明的女孩。她做了後母生的小弟弟三郎的小保姆，她費心盡力地愛護他。

雖是這樣的愛小弟弟，然而母親還是把小姑娘看做眼中釘，母親真是不明道理的人，可是弟弟三郎，是很愛慕這姐姐，能聽從姐姐的話的好孩兒。

三郎飼養着一隻可愛的小鳥，這小鳥不只是羽翼的顏色美麗，而且還發出好聽的聲音。從早到晚在籠中婉囀的歌着。所以三郎愛這小鳥，不同尋常一般的；不待說，三郎視做唯一珍重的事，便是這小鳥了。

心性不良的母親，向小姑娘說：

「你每天好好地把食餌和水給小鳥！萬一不當心給小鳥逃去，那可不得了呵！如果是那樣，你便得離開這家，決不容許再留在家裏呵！」

溫和的，眼睛不大看得見的小姑娘，對這母親的吩咐是怎樣地難過呀！

　　小鳥是什麼都不知道的，從早朝起棲在籠中時時婉囀着。當牠從細的籠孔裏眺望着遠空的時候，便「無論怎樣總要到廣大的世上，自由地，在那一碧無際的天空裏飛翔看看的呵！」這樣想着。

　　小鳥一聽到自己的友伴們在樹枝上以及在天空中鳴着的時候，便羨慕起那自由的生活來。心裏想：怎樣的從籠中逃出，至少得自在一回也好，總要把這世界中各樣各色的景色看一看哩！

　　這樣的，小鳥正在想像着外面的當兒，某一天，眼睛不大看得見的小姑娘，看見裝食餌的小瓶倒在籠中了。她急急的便要把牠豎起來。於是小鳥趁着小姑娘開籠門的時候立刻緊縮了身子，一溜煙從門的間隙逃出外面來了。

　　小鳥始初停在屋頂上，思量了一下，想到此後，究竟逃向那方面去好呢？這時候，好像家內，起了什麼大騷動的樣子了。自己這樣停頓着倘被捉住了不是太無聊麼？小鳥這樣一想便高唱一聲，向着遠方鬱茂的森林中飛去了。

　　小鳥逃去以後小姑娘嚇得要哭泣起來，怎樣辦才好

呢？雖這樣着急，可是無論怎樣，眼睛又不十分看得見，什麼辦法也沒有，只徬徨地叫嚷着罷了。

這時候三郎跑到姐姐的旁邊來。

「姐姐，小鳥那裏去了，我的極寶貴的小鳥沒有了，怎麼是好？」說着哭出來了。

可親的姐姐安慰弟弟說：

「三郎，是我不好，請你原諒吧：你的可愛的鳥逃去了，是我的不當心，望你原諒呀，我一定去尋找着，捉來給你，你不要哭！」

聽到這喧噪聲的母親，疑心着生出什麼事了，從裏面出來，一知道是這原因便大怒起來。

「小鳥放走了麼？你究竟是什麼意思呵！從前和你說過的，不用在家裏了！任隨了你到那裏去吧！」母親說。

女孩子合着掌，哭着謝罪道：「實是無心不是惡意的把小鳥放了萬望原諒！」可是，那打算借此機會把女孩趕逐出去的母親，無論怎樣也不肯原諒。弟弟三郎覺得姐姐可憐，一齊來纏在母親衣角上，請求寬恕。可是母親不許，終究把女孩趕出去了。

「假如要想回家裏來，那麼把逃了的小鳥尋着捉轉來才

行！」母親斜視着女孩叱責她說。

女孩勉強把臉抬起流着淚說道：

「三郎，我一定尋着小鳥捉來給你呀！」於是女孩不知向那方面逕自去了。

女孩提着空籠無目標地從街走到村，從村又到野原，徬徨着走去。

第一希望在那裏會聽得到那鳥的聲音，可是，四面寂寂什麼樣的鳥聲也未聽見。

「小鳥！小鳥！請你回到這籠中。假如人不來！那我不能夠回家的嘞！請轉回這籠中來呀！」這樣地，女孩無目的地向逃去的鳥自言自語似的請求。可是無論從那方面總沒有鳥飛來的樣子。

女孩無法，只得徬徨着走。漸漸地從森林中走到山麓來了，這時候，天空漸漸昏暗下來了。

「如何是好呀！假如小鳥兒不轉回籠中來，我是對弟弟不住呀！媽媽一定不能寬恕我的過錯。真是無法可想，我便死了吧。」這樣的，一面決心着一面踉蹌地向路上走來。

高山之上染了赤黃色的色彩，太陽沉下去了。女孩悲哀地眺望着太陽的沉落。距離家已經是很遠了。一想到弟

弟和媽媽是怎樣着呢？心中便感到寂寞無依的苦痛眼內湧出淚來了。

女孩一路走來不覺已到了盡頭，眼前現出清清的池水。時光已經完全昏暮，天空的星兒輝耀地映在那幽靜的水面上了。

女孩雖然眼睛不大看得見，然而映在那池面上的星光，是看得分明的。女孩凝視着這池面心裏起了「便死了吧」的意思。

恰恰在這時候，從水裏面發出聲音道：

「小姑娘，小姑娘，想成什麼星？銀星呢？還是紫色的星呢？」

女孩子想着，這個一定是神仙來救助自己了。假如變成了星兒，從來那樣悲哀那樣難堪的事不會有了。而且又能夠會見我懷想着的自己的媽媽，又可以把三郎的珍貴的小鳥在世界各處搜尋一番。這樣想着。

這時，水池裏和先刻同樣的聲音叫着：

「小姑娘，小姑娘，想成什麼星？金星呢？銀星呢？還是紫色的星呢？」雖然看不見什麼出現，可是說着的話很清楚。

小姑娘一想，就把「願成金星」這樣的答了。

　　於是「金星很早呀！出得早，歸得晚」。這樣的聲音又從水中湧出來了。

　　小姑娘心裏想着：這個大概說，金星是很早的出升空中，很遲的沉入海裏，我是很願意早出晚歸呀！於是小姑娘合了掌對神仙祈禱着，澎咚一聲投身到水中去了。

　　從這夜以後，天空裏金色的新星，增加了一顆了。

　　雖然，這顆星是一顆盲星。他是不能夠和他的星友們一樣高遠的離開地住在天界的。每夜便在近森林、樹間、野原上一帶徬徨着。這星兒是在尋找什麼呢，這星便是死了的姐姐尚在尋找着弟弟的可愛的小鳥呵！

　　某天，山岳、森林、樹木、河川，大家集會在一處談話。

　　「那盲星實在是可憐呵！」

　　「每夜降臨到這下界近邊來，假如撞在山頂和森林上，又怎樣辦呢？」他們交談着。

　　「這樣我們不能不對那盲星注意呀！」

　　「對對！這是我們當做的事呵！」他們直到談論完後，相互分別去了。

無論那晚，只要不是降雨，盲星都輝閃着金色，徬徨於近地面的空中的。諸位看見過輝耀着金色的星兒，接近着山頂一帶而飛過去的事吧。在這時候，山麓的谿河發聲叫喚。森林裏起了風，呼呼地鳴叫。山岳上噴出紅火警戒着星兒。

　　盲星將接近着山頂，便聽着這些聲響好像怕冷似地，身子戰慄着，無目標地，安然地通過青白的夜空去了。

　　神仙對於變成了盲星的小姑娘，雖覺着很可憐；但是僅僅因為逃了的那小鳥也別無什麼罪過，所以不去懲罰牠，只覺着盲星每夜降臨地面去尋鳥的事為可憐罷了。

　　森林裏、山裏、樹間，一切別的鳥類在白晝裏，太陽輝煌之際，快樂有趣地從這枝梢到那枝梢跳躍鳴叫着。這裏獨有在晝間，睡眠着黑夜裏反而啼鳴的鳥兒。這便是從前趁着小姑娘不留心的時候從籠中逃亡去的小鳥的子孫們呀！可是盲星是不能夠永遠地接近森林，只空自遙遙的聽杜鵑和梟的啼聲通過高山之頂罷了。

哭孩

某處地方，有一個每天愛哭的孩子。說到那哭的樣子，不只是唏唏地叫着，哭聲一發，真使耳朵也炸聾似的，簡直使你想到在頃刻之間四面烈焰騰騰地燃燒一般。

那近處的人，一聽這孩子哭，便大家皺着眉道：

「哭娃娃又哭起來呵！真不堪其擾呀！」

一說到「哭娃娃」是沒有那個不知道的。

雖然，這樣的哭娃娃獨有祖母是很疼愛他，不論到那裏她總是跟在哭孩後面的。

「好孩子是不哭的，那樣的哭血會通統湧上頭來，那是有害的，看！許多人那樣地看着你笑哩！⋯⋯ 好孩子！不再哭吧！」只有祖母這樣說。

然而他不是能聽這樣溫柔地說話的孩子。

某天在街路上好像是看見了什麼不如意的事，哭孩便大哭起來了，祖母因為想着出大聲去驚擾人家是很難為情的。

「為什麼，有不願意麼！告訴我吧，不論什麼都照你的意思辦呀！好孩子，不要那樣大聲哭呵。」祖母跟在孩子後面走着說。

哭娃娃聽了祖母溫柔的撫慰，越發搖着身子，頭仰向

天，兩手直直地垂着，全個臉兒只見開着大口哭了。栗殼樣的頭，太陽曬着，眼淚晶瑩地亮着滾走在被日光照射着的臉面上。

白髮的祖母，把遮陽的傘置在地上親切的撫慰他，兩人站立在道路上，蜻蜓在空中耀着翅飛翔。

孩子仍然哭着。

那時四面都沉靜着。強烈的夏天的日光，正輝煌地照射着樹葉和草葉。人們在家中正打算午睡一下，這當兒聽了這哭聲，便從枕上忿忿不平的起來。

「哭娃娃又哭起來了！這樣討厭的孩子，便找遍這世界也沒有吧！」這樣的罵人也有。

「乖乖，小寶寶，是祖母不好，不要再哭了，喂喂，他們聽了你的哭聲，大家見了你恨哩！看那面吧！」祖母很苦心的設法緩和孩子的氣性，可是孩子仍是不停止號哭，這時候，在那方面的家裏，不知誰伸出頭來。

「唉，吵鬧得真討厭呀！不要使他再哭呵！」這樣說。

「喂喂！看呀，人家說你吵鬧哩！好孩子不再哭喲！」祖母的皺皮了的額邊流滿了汗，心裏非常的着急。

這樣一來，孩子把身子向着別一方面，發出更高的聲

音哭。這樣高的聲音，怎麼會從這樣小的孩子口中發出來呢？沒有誰不是這樣驚異着。

祖母看孫兒這樣的哭，心裏便「血立刻會通統升上頭來，把頭炸破呢！」這樣的焦慮着。

打算午睡，給哭孩驚擾而蹙着眉的人們，聽了那哭聲疑慮那哭聲裏面會生出火來，燃燒到四周的房屋和草木，把天空燒成通紅的。

祖母真是為難極了，恰在這時候，在那沒人走的茅草路上，有一個男人從那面騎着腳踏車行來。

祖母因為要孩子住了哭，便道：

「喂！喂！請把這哭娃娃帶去呀！」

「好，來了！率性到那面的荒野裏去哭呵！」那人把哭孩抱起，連祖母阻攔的機會也沒有，急急地行去了。

那人把哭孩帶到廣闊的荒野裏便放下來。

「在那裏盡力哭吧！這樣總會停歇了吧！」那人單把哭孩留在那裏，自己乘着腳踏車不知向那裏去了。

孩子在荒野裏不停的發出大聲哭，可是人們不會再聽到他的哭聲了，太陽和雲聽到了這聲音，大大的吃驚，於是急忙地窺視下面。

「唉唉！真可憐，使那孩子變成花吧！」太陽獨自說。

這時候，祖母跟蹌地探尋着小徑走向前來了。

「那樣的老奶奶在找尋着孩子。假如找不見孩子，又是怎樣的悲傷呢？」雲向太陽說。

「那老奶奶也給牠變成花吧！」太陽說：

孩子與老奶奶兩人一齊從村裏失蹤人。因此眾人都驚異起來，到各方面去搜尋。可是終於見不到她們而終止了。於是在廣漠無際的荒野中，第二天，有一株長得高高的向日葵花和一株可愛的小罌粟花開着了。

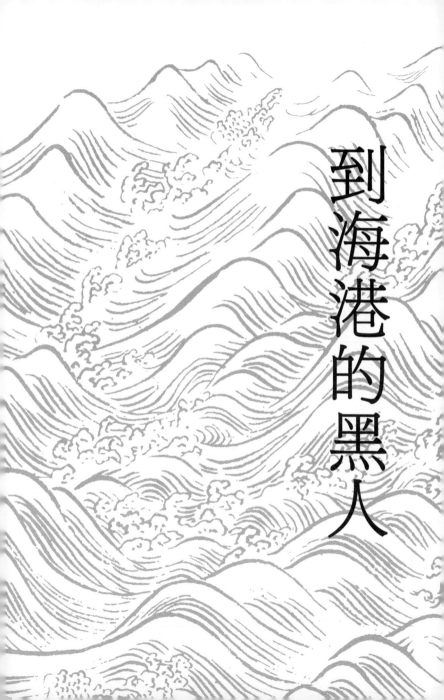

到海港的黑人

約莫十歲左右的一個男孩子，口裏吹着笛。那笛的聲音，恰好像秋風鳴枯葉很吹得悲切，忽而笛音又轉變了好似當明麗的春天，小鳥在綠色的美林中宛囀歌唱很吹得可愛。聽得這笛音的人們，以為是誰在那樣忽而美妙忽而悲切地吹笛呢？於是便走近那地方去，在那裏，便看到那個男孩了。這孩子是一個柔弱無力而且盲了目的。

　　人們看到這孩子，都不住的發怔。

　　「多麼可憐的孩子啊！」沒有一個人心裏不是這樣想。

　　可是，在那裏，不僅只是他一人，還有似乎是他的姐姐般的，約莫十六七歲的美麗的姑娘伴着他的笛音唱歌而且舞蹈。

　　姑娘穿着水青色的衣服，髮長垂地，眼如星兒一般的明亮。赤着腳在砂地上輕飄地舞蹈的姿態，恰似花片的飄舞在風裏，又如蝴蝶的翻飛在花上一般。姑娘害羞似的低聲唱着。

　　那是什麼歌呢？因為聲音太低，大家都不容易聽得到。然而只要一聽到那歌聲，心兒就好像飄浮起來蕩漾到遙遠的天空，又好像沒着落的徬徨於淒風鳴奏的幽深的森林裏感得一種孤零和哀愁。

這姐姐和弟弟，每天總是到此處來，照樣的唱歌吹笛討錢，大家都不知道他們的底細。這因為無論在那裏，都沒有看到過這樣可憐，秀麗而且可親的乞兒的緣故。

　　這兩個孩子，既沒有父母，又沒有別的可以依靠的人。他們被父母遺留在這廣漠的世界裏，假如不這樣的向人求乞，也就沒有別的方法可以餬口了。可是，那柔弱盲目的弟弟，常是如命般的依賴着姐姐。也是從衷心裏哀憐着不幸的弟弟，就是犧牲了自己的性命，也想為弟弟盡力的。他們倆真是世間少有的相愛的好同胞呀！弟弟天生的善吹笛，姐姐又是天生的好聲音。所以兩人終於到海港的空場上吹起笛唱起歌來，給圍集在那裏的人們聽。

　　朝日一上升，在天氣好的日子，他倆總無間斷地到這塊地方來，姐姐牽着盲目的弟弟的手。這樣，終日便在那裏吹笛唱歌，直到日暮，二人才不知是向那裏歸去了的。

　　日光輝耀着，暖風吹過柔草上的時候，笛聲與歌聲相和着向明麗的南海上飄流去了。

　　姐姐雖然每天同樣的這般歌或舞着，可是一聽到弟弟的笛聲，便也就一點不覺得疲乏了。

　　本來是臉皮很薄的姑娘，一想到人們許多許多的圍集

攏來，大家都把眼睛集注在自己的身上，不覺羞愧起來，自然而然地歌聲也低到將消滅似的。可是，這時候，傾耳聽着弟弟的笛聲於是不覺喚起了獨自自由馳騁在廣漠無際，花卉亂開的原野中的心情，大膽地，把自身當蝴蝶一般輕快地躍起，興奮地舞蹈了。

在某一個夏天。那太陽也從早朝便升起；蜜蜂為了採花紛飛着。在廣場的彼面，高聳着的樹林，悄然寂靜，好像身長的人直挺挺的站着浮現於朦朧的天空之下。

在海港方面進出的船的汽笛聲，只幽微的聽到。明輝的天空有黑煙的條痕，淡淡地漂着。這因為那裏有着從此間撥開青碧的波浪而往遠方去的船的緣故。

那天，也是像平時一樣，兩人的周圍，人們如黑山似地聚集着。

「這樣好的笛聲，從來沒有聽到過呢！」一個男人說。

我雖然到過各處的地方，可是，這樣的笛聲是沒有聽到過呢。不知怎的，總覺得聽到了這笛聲，忘去了的往事便覺得一件一件都浮上心頭來，好像便在眼前出現似的。另一個男人說。

「假如那眼睛是睜着的，不知是一個怎樣可愛的男孩

哩！」有一女人說。

「這樣容貌美麗的姑娘，我還沒有看過哩！」別一個有了年紀擔着行李的旅人似的女人說。

「有着這樣的好容貌，便不做這樣的事，也似乎可以的了。有那樣的美麗，想迎娶她的人多着哩！」身子矮小的男人舉起腳跟來看着那裏面說。

「那一定有什麼人追隨着的，並且還打算着賺錢的吧。」

「不，那個姑娘並不是那樣卑賤的孩子，一定是為了那弟弟而這樣的勞苦着哩！」一向不作聲注視姑娘舞蹈的一個女人說。

大家都說着各自所想着的話，其中也有把銅板投到他們足邊去的人，也有饒舌着種種的話，逃避似的一個錢也不投給就走開的人。

平靜無事的一日，也將要暮了，海上的天空燻染得似銀一般，西斜的夕陽，看去是赤紅的。人們接接連連離開那廣場去了。穿着淡青色衣裳的姐姐撫慰着弟弟，正是他們要離開那裏的時候了。

一個陌生的男人，走近姐姐的面前說道：

到海港的黑人

「我是這鎮上的某富翁差使來的。因為富翁想見你，和你有點話說，所以要你去一去。」

姐姐想到，從前說這話的人也曾有過好幾個的。可只是對於那稱為富翁的有名的財主，覺得不能直截地拒絕很在為難着。

「究有什麼貴幹而要會我呢？」姐姐問那使者。

「我可不知道，但只要請你去就可明白了，對於你的身教決沒有惡意，是可斷言的。」那男人答。

「我不能把弟弟丟着到任何地方去。帶着弟弟去也可以嗎？」姐姐問。

「令弟的事尚未曾問過，不過富翁對你一人是無論如何總想會會，好像有什麼話要談哩！決不會使你耽擱多的時間呀。那裏有馬車，並且時候也還沒有完全昏暗下去；所以⋯⋯」男人說。

姐姐不作聲地想了一想。

「那麼，在一點鐘之內，能夠使我回到這裏來麼？」向男人問。

「恐怕不要這麼多的時間吧！請坐了那馬車，快一點去呀！此刻，富翁正等候着見你哩！」男人說。

坐在那面草上，手裏持着笛的溫和老實的弟弟，正等待着姐姐前來。

　　姐姐似乎沉於思索晚風飄弄着衣裾，赤着足走向弟弟近傍來，於是對着眼瞎的弟弟，很溫柔的說：

　　「姐姐有點事體，要到一個地方去。你不要走別處去，在這裏等待着，姐姐立刻便會回來的。」

　　弟弟抬起了盲目的眼向着姐姐說：

　　「姐姐不是不再回來了麼？我不知怎的總覺得這樣呢。」

　　「為什麼說那可悲的話呢？姐姐在不到一點鐘內就回來的呀！」姐姐眼中含了淚回答。

　　弟弟好像明白了姐姐的話，默默地點了頭。

　　姐姐被使者領着，乘了威嚴的馬車，馬車在砂地上，蹄聲得得向日暮的天空那邊去了。弟弟坐在草地上，澄耳靜聽着，直到那馬蹄的聲音悠遠而輕微，終於全聽不見了為止。

　　一點鐘過去了，兩點鐘過去了，姐姐總是不回來。日光已完全昏暗下去，砂地上，含着濕氣。夜空的顏色，變成了藍黑色。小的星光，閃閃地發光。海港的那面，一絲

絲幽微的光輝浮泛在空裏。但是這盲目的弟弟，是不能夠看到的。

暖風從海的方面，吹過闇空，輕拂着等待着姐姐歸來的弟弟的臉上。弟弟已是再不能支持而哭了。姐姐到那裏去了呢？到如此後是不回來，怎樣辦呢？心中覺得非常的寂寞孤零眼淚不絕的流下來。弟弟一想到平時姐姐隨着自己吹笛的聲音而舞蹈的情形，便以為如果姐姐聽到自己的笛聲，一定會想起自己而回來的！

於是，弟弟熱心地吹笛，從來未曾像這樣用心地吹過的。他想：姐姐會在那裏聽得到這笛聲的吧！要是聽到了，一定會想起我而歸來的。

恰巧，那裏有一隻天鵝，在北方的海上失了自己的孩子，很傷心地在向南方歸去的途中飛着。

天鵝沉默着，飛越了山嶺，飛越了森林，飛越了江河，離開青色的海遠向南方旅行去了。天鵝疲乏了，便降落在溪流的岸邊休息預備再開始旅行。天鵝失了可愛的孩子，沒有歌唱的心情，只是默默地在晚夜裏星光下飛翔着。

天鵝不意的，聽到悲切的笛聲了。這聲音是不能與普通的人吹笛的聲音可以比擬的。天鵝知道這一定是在心胸

中有極悲哀的人，才能吹出這樣的曲調的。

天鵝因為失去了孩子，深切地感覺着悲哀，因此領悟得那笛聲的悲切。

那眼不能見得細微，幽咽斷而復續似的悲切的聲音，是從什麼地方來的呢？天鵝這樣想着，於是弛緩了羽翼，暫時間在夜空裏巡迴着。不久，就知道是從廣場那邊起來的。天鵝很小心注意着降到那廣場上來了，於是看到了在那裏，有一個少年坐在草地上吹着笛。

天鵝走近少年去，便這樣問：

「為什麼一個人在這種地方吹笛呢？」

盲目的少年，因為聽到有人似的，柔和的聲調這樣親切地問。於是更把姐姐把自己留在這裏不知到那裏去了的情形，照樣的訴說了。

「真是可憐喲！我替你姐姐看護你吧！我是失了孩兒的天鵝，現今正想回到那邊遙遠的國裏去，我們二人一塊兒到南方的國裏去吧。在那風平浪靜的岸邊，吹笛舞蹈度過日子吧？如今，我把你變成一隻同我一樣的天鵝的樣子吧。因為要渡海越山而去哩 ⋯⋯ 」天鵝說。

盲目的少年，於是變成了天鵝了。在晚上，兩隻天鵝

從這寂寥黑暗的廣場飛起，俯視着灰暗的空的海港，從那上面飛過，不知還向那裏消失去了，天空裏星星輝耀着，大地依然黑暗而且潤濕，草木無聲息地睡眠去了。

姐姐從那時去後，隔了好久，才從富翁的府宅回來。因為比預定的時間耽擱得很多，心裏懷念着弟弟不知怎麼樣了？擔心着，急急走來。可是，在那裏，已不見弟弟的形影了。不論尋找到那裏，見總不着。星光幽微地照着地上。在那裏，一向不被注意的野草開着可愛的花。在姐姐水青色的衣襟上，向來未見過的寶石被星光射着發出光輝。

從翌日起，姐姐變成瘋人一般赤着足在港的各街巷上走着，尋找弟弟。

月光白淨的如絹絲一般，照着天空下海港的街道的屋頂。在那邊的水果店裏，陳列着從遠方的海島載運來的水果。

照射着月光那些果物上的時候，果物發放着一種異樣的氣味。在酒場裏，聚集着各種各樣的人，唱歌飲酒歡笑着。在那店頭的玻璃窗上，也有月光映射着。停泊在海港中的船的旗子在桅杆上，沿着月光。飄浮着水波激蕩着優美的調子，向海岸翻過來而又轉回去。

姐姐無目的地眺望這樣的景色；沉沒在悲哀裏終於弟弟到什麼地方去了呢？總不得明白。

　　有一天，那海港裏從外國來了一艘船。各種風態的人們都愉快似的上岸來了，因為都是從南方來的，所以人人的姿態都是輕快的。顏色被太陽曬紅，手裏提着籐籃。在那一群人中，有一個不常見的，矮小的黑人混在裏面。

　　黑人走着太陽照射着的路，眺望着四周，不意在街頭轉角處，遇到穿淡青色衣服的姑娘了。姑娘很稀奇的回顧黑人，黑人也停了步，奇怪地凝視着姑娘的面孔，立刻走攏來了。

　　「你不是在南方的島上唱歌的姑娘嗎？幾時到了這裏來呢？我在離開那島的前一天，還覺得在島上看見你哩！」黑人說。

　　姐姐這因突然的問，大吃驚了。

　　「不，我沒有去過南方的島上。你一定是認差人了。」她答。

　　「不，並沒有認差正是你哩！穿着水色的衣服，和着約十歲的盲目孩子，吹着笛唱歌舞蹈的，確定是你啊！」黑人表示着懷疑的眼光，望着她說。

姐姐聽到這話，更為驚愕了。

　　「約莫十歲大小的孩子吹着笛？而且那孩子也還是盲目的嗎？」

　　「他們在島上，得到了很好的稱譽。因為姑娘很美麗，島上的王爺，有一天用了金轎去迎接了。可是，姑娘說：弟弟是很可憐的，因此拒絕了沒有去。那島上有許多天鵝住着。特別在他們倆吹笛舞蹈的海岸上，更住得天鵝不少。在傍晚的天空中飛舞的時候，那真是極美麗的壯觀啊！」黑人這樣回答。然而仍還顯着「這姑娘是認差了的嗎？」的樣子。

　　「啊，我真怎麼好呢？」姐姐兩手揉着自己的長髮悲痛着。

　　「在這世上難道還有一個我麼？那一個我是比自己更親切更善良的我吧！那一個我帶領着弟弟去了的麼？」姐姐心胸將要破裂似的後悔着。

　　「你說的那島，是在什麼地方呢？我是想法要去看看的！」姐姐說。黑人這時，一面指着海港的方面說道：

　　「那很遠很遠，不知幾千里遠的地方，有銀色的海隔着，渡過海登陸，雪白瑩瑩地亮射着的高山，層層重疊

着。因為要越過那山，所以那是不容易到的地方啊！」

　　這時候，夏天的太陽，正在西沉，海上染着彩色，天空如烈火一般通紅地燃燒着。

到海港的黑人

王爺的碗

從前，某國裏，有一個著名的陶器匠，世世代代都做燒陶器的事業，他家做出來的東西一直到遠方各國都有聲了。代代的主人，把從山上取來的泥細心加以研究；又僱了很好的畫師以及許多的工人。

他們製造的東西，有花瓶、飯碗、盤子以及種種器皿。旅行的人，一到了這個國裏不論誰沒有不打聽這陶器店的。他們都趕快跑到這個舖子裏來。

「呵，這樣好的盤子！還有飯碗……」旅人看了讚美着說。

「買了這個回去送人罷。」這樣說了，旅行的人不論花瓶、盤子、飯碗都買了去了。因此，這個店裏的陶器，常有裝在船上運到外國去的。

有一天，一個很有身份的人走到店舖面前來了。他將主人叫了出來，仔細看了陶器然後說道：

「看着真燒得好，而且做得輕巧，我要定做一個王爺御用的飯碗；願你十分細心地做，我就因為這個而來的。」

正直的陶器店主人聽了他的話，很現着小心。

「在下總盡力精心製造。因為這是無上的光榮啊！」主人這樣回答了。

定碗的人去了以後。主人將店裏的人們全部聚集了來，告訴他們這事的情形。

　　「做王爺的飯碗，這是何等有名譽的事。所以你們須得竭心盡力的做出一個從來未有上等品才行呀！定碗人也說過，輕的，薄的好，陶器實在是要這樣的。」主人將這種應注意的事項說了。

　　從那時以後，過了幾日，王爺的飯碗造出來了。那個定造的人又到店頭來了。

　　「王爺的碗沒有做出來嗎？」那人說。

　　「我正想今天就要送上來了。屢次勞駕抱歉之至。」主人說。

　　「想做得輕而且薄的吧。」那人說。

　　「就是這個。」主人拿給他看。

　　實是一個輕而薄的上等碗。碗的質料是純白得像透明的一般。而且在這碗上還印有王爺的紋章。

　　「不錯，這真是上等品了，聲音也很好。」定做的人將碗放在掌中，用指彈了一彈。

　　「比這個再輕再薄的是不能夠做的了。」主人恭恭敬敬地低了頭向那人說。

主人穿上外褂，將碗裝在一個漂亮的箱子裏抱着送到王爺的宮殿裏去了。

　　人們都談說這有名的陶器店精心地造了王爺用的碗一回事了。

　　那定碗的人捧了碗獻與王爺說道：

　　「這是在我國中有名的陶器匠，精心地為王爺造出的碗。極力做得輕而薄的了。不知可能合王爺之意？」

　　王爺拿起碗來一看，覺得實在是輕而薄的碗了。輕薄得恰使人感不到是拿着呢或是沒有拿着的程度。

　　「碗的好壞以什麼來做標準呢？」王爺說。

　　「凡陶器，總以輕而薄的為貴；重而厚的實是無品位的。」那人答。

　　王爺一句也不說，只點了點頭。於是從那日以後，王爺吃的飯，便用那個碗來盛了。

　　王爺是個忍耐力很強的人，所以便是苦痛的事也決不說出口來。並且又是管理着一國的人民，所以對於微小的事情是不驚惶的。

　　自這回新造來的薄碗使用着以來，每日三餐的時候，那碗熱得要燙手，可是王爺將這苦痛忍耐着，一點也不使

他現在臉上。

「所謂好的陶器，是這樣的非忍耐着苦痛便不能玩賞的東西嗎？」王爺也這樣地懷疑過。又在某一個時候。

「不，並非這樣，朝臣們使我忍耐這樣的熱，是出於要使他們的王不可以一日忘掉苦痛的忠義之心吧！」王也這樣想過。

「不，不是這樣，人皆信我是強者，所以這樣的小事，不當成為問題的。」王也這樣想過。

但是，王爺在每日用飯的時候，一看見碗，不知怎的臉色便變成黯淡的了。

某時候，王爺作山國的旅行。在那地方，沒有可住王爺的好旅館，所以只有去投宿到農人的家裏了。

農人不會說客氣話，可是是真誠地親切的。王爺對於這個，不知是如何的衷心裏喜悅呀！雖心裏怎樣的想賜給他東西，但因為在這山國不便的地方，也沒有可以賜給的東西。可是，王爺喜歡農人的真誠的心，食的東西雖然是很粗劣的也就很歡喜地吃了。

那時已是秋末，天氣很覺有些冷了，因此喝熱的湯汁溫暖身體，湯的滋味也還可口，使用的碗因為是很厚的，

所以決沒有要燙手一類的事。

王爺這時，便想到自己的生活是何等的煩惱了！不論怎樣輕怎樣薄，在飯碗本身並沒有大不同的道理。偏偏把牠那輕的薄的作為上品，而且又不能不使用牠，這是何等自討煩惱的蠢事呀！

王爺把農人托盤裏的飯碗拿起來仔細地看。

「這個碗是什麼人造的？」王說。

農夫惶恐得很，因為碗實在太粗俗的緣故，以為對於王爺失了禮，低下頭來謝罪。

「用了那樣粗俗的碗，實在是失禮之至。記不起是什麼時候，上街去買來的。」正直的農人這樣說。

「你在說什麼呀！你們待我的親切，我覺得無上的喜悅，我從來未曾得過這樣的喜悅哩。每日我總忍受着碗的苦痛。真是，這樣便利好用的碗，從來沒有使用過呢？因此我想問一問，你知道麼？這碗是誰造的呢？」王爺說。

「誰造了的，這可不知道。那樣的品物，當然是無名的工人燒的。這無名的工人，本來連夢也想不到自己燒的碗為王爺使用哩。」農人說。

「那或者是這樣罷。這實在是很使人感動的，這碗真

做得恰到好處。那個人很明白碗是用了將熱茶或盛湯汁的東西。因此，使用的人，可以安心地喝熱茶熱湯了。在世上，不論怎樣有名的陶器匠，假使不明白器皿的實際的用處，縱使造得極精巧，那也不足為貴的。」王爺說。

王爺旅行終了，再回到宮殿裏去了。家臣們恭敬地來迎接。王爺把農夫的生活那樣的簡單優遊，無虛飾的言辭真誠親切的表示種種印象，深深地浸潤於心內，再不會把牠忘記的了。

進餐的時候到了。托盤的上面，又是放着從來的輕而且薄的碗了。一見這個，王爺的臉色立刻變成黯淡。因為想着從今日起，又不得不受熱的苦楚的憂慮了。

有一天，王爺召有名的陶器匠人進殿去。陶器店的主人，是從前承旨做過碗的，所以他以為不是要得褒獎麼？心裏非常高興地進殿來了。王爺靜靜地對他說：

「你雖是燒陶器的名人，可是無論怎樣燒得好，你忘記了陶器的實際使用的便利，真是一點用也沒有的，我因為你做的碗，每日給都感受着無窮的苦楚啊！」

陶器匠人，惶恐地下了殿。從此以後，這個有名的陶器匠人，變成了造厚實的碗的普通匠人了。

策劃編輯		梁偉基
責任編輯		許正旺
書籍設計		吳冠曼
書籍排版		楊　錄
地圖繪畫		廖鴻雁

書　　名		紅雀
著　　者		小川未明
譯　　者		張曉天
出　　版		三聯書店（香港）有限公司
		香港北角英皇道四九九號北角工業大廈二十樓
香港發行		香港聯合書刊物流有限公司
		香港新界荃灣德士古道二二〇至二四八號十六樓
印　　刷		陽光（彩美）印刷公司
		香港柴灣祥利街七號十一樓 B 十五室
版　　次		二〇二三年四月香港第一版第一次印刷
規　　格		三十二開（130 × 185 mm）一五〇面
國際書號		ISBN 978-962-04-5078-5